林真理子
西郷《せご》どん!
上
SEGODON
Hayashi Mariko
角川書店

西《せ》郷《ご》どん！　上

扉画　小林万希子
装丁　片岡忠彦

一

明治三十七年十月十二日。

その日上本能寺前町《かみほんのうじまえちょう》にある京都市役所の職員たちは、みな緊張を隠せない。今日、新しい市長が着任するのである。しかもその市長はただの官僚ではない。なんとあの西郷隆盛《さいごうたかもり》の息子だというのである。

西郷隆盛といえば、御一新《ごいっしん》を成し遂げた英雄である。明治十年の西南の役によって、一時は朝敵と呼ばれたりしたが、そんなことはまやかしだと誰もが知っていた。西郷翁は腐敗した政府高官たちの悪政を正そうと、自ら起ち上がったのだ。それが証拠には、十五年前には賊名を解かれて、正三位《しょうさんみ》の栄誉を与えられている。なんでも今上天皇が西郷翁のことを大層慕われて、一日も早く朝敵の汚名を雪《そそ》いでやりたいと望んでいらしたというのだ。

今回の西郷市長就任については、元府知事で今は貴族院議員の、北垣国道《きたがきくにみち》の思惑が働いている。さらに言えば、桂太郎《かつらたろう》首相の意向も大きいというのだ。よって丁重にし過ぎるということはない。市役所は上は内貴《ないき》甚三郎《じんざぶろう》前市長から、下は小使いの小僧まで口数も少なく、新市長の到着を待っていた。

おとといの朝新橋《しんばし》を発《た》った西郷菊次郎《きくじろう》は、深夜に京都駅に到着した。内貴や上級幹部らが出迎えたのであるが、その時の印象もこの空気に影響しているのである。

内貴は東京で菊次郎と会っているが、他の職員は初めてだった。西郷隆盛という男は錦絵《にしきえ》でさんざん見ている。まるで弁慶《べんけい》のように太刀《たち》を振りまわしていたり、あるいは犬たちと大酒をくらっている。明治十年には巨大な星が近づいて赤く輝き、その中に西郷の姿が見えたと大騒ぎになった。この〝西郷星〟のことも多くの錦絵に描かれている。とてつもない大男で、しかしどこか愛嬌《あいきょう》のある英雄、というのが人々の認識であった。

しかし東海道《とうかいどう》線の列車から降りた菊次郎は、ほっそりとした長身の男だ。出迎えの人々が来ていることを知っているので、長旅にもかかわらずきちんとフロックコートを着ていた。髭《ひげ》をたくわえた美男子で、いかにも洋行帰りらしく洗練されている。その様子に職員たちは圧倒されたといってもいい。

「えらい立派な風采《ふうさい》どしたなあ」

一人の局長が思い出したように口を開いた。

「せやけど、右脚をひきずっておられました。ご不自由なんでしょうか」

「せや、あれは義足や。右脚はあらへん。なんでも西南の役の時に失くしたっちゅう話やな」

内貴前市長は京都でも有数の呉服商出身である。初代の京都市長は、やはり地元の者でなければならなかった。彼でなかったら、この誇り高い古い街の人々は、御一新というものを認めなかったかもしれない。

「西南の役ですか。もうかれこれ、二十七年も前ですなあ。西郷市長は四十代とお聞きしてますが」

「わしもよう知らんが、十六か十七で戦ったのと違《ちゃ》うやろか。もう昔のことやが」

内貴はここで話をやめた。明治もだいぶ過ぎていたが、過去の話をすると必ず生ぐさいものにいきあたると、この初老の男はよく知っていたからである。

「もうそろそろ、お着きになるやろ。あの方やったら時間をきっちり守りそうや」

内貴の言葉どおり、菊次郎の俥《くるま》は約束の九時十分前に、庁舎の前に停まった。玄関にて全員が出迎える。菊次郎は今日もフロックコートという正装である。義足というものの、颯爽《さっそう》とした印象であるのは姿勢が大層よいからだ。胸を張り、大股《おおまた》で足を踏み出す。

あぁ、これが大西郷の息子かと職員たちは感激していた。

思えば御一新によって、京都の人々はどれほど迷惑をかけられたことであろう。この街に、日本中のさむらいや浪士が集まり、〝蛤御門の変《はまぐりごもん》〟によって、京都の街の多くは焼き尽くされてしまった。その後も都を闊歩《かっぽ》していた薩摩《さつま》武士といえば、粗野で下品な男たちで、京都の人々は〝芋侍〟と陰口《かげぐち》を叩《たた》いていた。それにもかかわらず人々は西郷を崇《あが》め好いているのである。

廊下を歩く菊次郎にも、皆は頭《こうべ》を垂れる。それは新市長だからではない。あの大西郷の息子だからである。

まず応接室に入った菊次郎は、内貴と事務の引き継ぎをした。といっても市長の印を手渡すだけの儀式である。このあとひき続き新任の挨拶《あいさつ》を市議室で行ったが、長く台湾《たいわん》で高官の座にあった彼は、手なれたものである。

内貴前市長から託された、疏水《そすい》工事、上下水道敷設、道路拡張などの事業を必ず完成させると抱負を述べた。

彼の声は大きく明瞭《めいりょう》で、言葉もわかりやすい。かすかではあるが遠い南国の訛《なま》りがある。それはもはや京都の人々にとっては、よく知ったものになっている。薩長の出身者たちは、政治や経済の中枢、いたるところにちりばめられているからだ。

「内貴市長の志を継ぎ、私もこの京都の発展に全力を尽くしますので、どうかご協力願いたい」

しかし彼がこう挨拶を結んだ時、職員たちの間にさっと白けた空気が生まれた。

京都の発展。

外からの人間、しかも薩摩の人間にそう言われたくない。

実はこの頃、京都はゆるやかな衰退に入っていた。いや新しい時代になって、それまでの齟齬《そご》があらわになったと言った方がいい。上水道が全く敷かれていない街は、毎年伝染病を大流行させた。電気の供給も全く足りなかった。

帝《みかど》をいただいて千年の間ひっそりと息づいていた街は、近代化に全く対応出来なかったのである。

今や京都は東京、大阪と並ぶ三大都市からとうにすべり落ち、単なる一地方都市になり下がろうとしていたのであるが、それを他の土地の人間に指摘されることは愉快ではない。が、そうした感情は、あくまでも下級職員たち庶民のものであり、午後からの京都ホテルでのおえら方が集う宴会は歓迎一色である。

舞妓《まいこ》、芸妓《げいこ》たちもこぞってこの新市長のところに酌をしにくる。

「今度の市長さんは、えらい男前どすな」

「あの西郷はんの息子さんてほんまどすかァ」

会場を料亭ではなくホテルにしたのは、義足の菊次郎に配慮したからである。テーブルで主賓をもてなすことに、まだ彼女たちは慣れていない。芸妓たちは客の後ろにまわり、盃《さかずき》を満たそうとする。

「さっ、市長さん、空にしておくれやす」

「私はそんなに飲めないんだよ」

「ほんまどすか？　あの西郷はんのお子やのに」

「いや、私の父はほとんど酒を飲まなかったよ」

少し酔っているのか菊次郎の機嫌はよい。特別に女好き、というわけではないらしいが、やはり華やかで美しい女たちに囲まれるのは楽しいようだ。

「うっとこのおかあさんが、昔、西郷はんにひいきにしてもろたことがある言うてましたわ」

やや年増《としま》の芸妓が言う。おかあさんというのは、妓をあずかるやかた（置き屋）のおかみのことだ。

それはついこのあいだのことのようにも思えるが、東京が江戸《えど》と呼ばれていた時代のことだ。西郷は薩摩、江戸、京都を行き来していた。朴念仁《ぼくねんじん》でない限り、夜の街にも出かけただろう。

「うちも知ってます」

見習いの証《あかし》の、下唇だけ紅をつけた舞妓がすっとんきょうな声を上げた。

「西郷はん、祇園《ぎおん》にええ人がいたはったんやって。それもえらい肥えたお人やったって話どすなぁ」

「こら、こら、お前たち」

声をかけたのは隣席に座る川村鉚次郎《かわむらりゅうじろう》である。彼は菊次郎に乞われ、高級助役に就任することになっている。

「客の色ごと喋《しゃべ》るとは、どういうことだ」

怒っているようであるが、からかっているとわかるのは、わざとらしく睨《にら》んでいるせいだ。東京帝国大卒業で高級官僚の彼も立派な髭をたくわえているので、このしかめっ面はおどけたものになった。

「西郷さんの女のことは国家の秘密じゃ。ばらしたからには、首のひとつももらっとこうかね」

「いやー、こわいわァ」

舞妓はしなをつくった。

「せやけど、西郷はんゆうたら、昔、昔のお人やと思うてましたわ。うち、ちっさい時、西郷はんの手鞠唄歌《てまりうたうと》てましたもん」

「なんだと、手鞠唄だと」

「へぇー、うちも歌てました」

さっきの芸妓も頷《うなず》く。

「それなら、首の代わりに歌うてみい」

「ほんなら」

女二人が菊次郎と川村の前に立ち、小さな声で歌い始める。左手で袖《そで》をつまみ鞠をつくしぐさをする。

「一掛け二掛け三掛けて
四掛けて五掛けて橋の上
橋の欄干に手をかけて
はるか彼方《かなた》を眺めれば
十七、八の姉さんが花と線香手に持って
ねえさん、ねえさん、どこ行くの
私は九州鹿児島の西郷隆盛娘です
明治十年その年に

切腹なされた父上の
お墓詣《まい》りに参ります
お墓の前で手を合わせ
南無阿弥陀仏《なむあみだぶつ》と拝みます
お墓の前には魂が
ふうわりふうわりとジャンケンポン」

妹のことだと菊次郎は思った。それしか考えられない。西南の役後、アメリカ、台湾と旅をしてきた自分は、このような手鞠唄が生まれていたことを知らなかった。

奄美大島《あまみおおしま》で母と妹、三人で暮らしてきた日々が不意に甦《よみがえ》る。じりじりと灼《や》けつくような太陽と波の音。かや葺《ぶ》きの小さな家。不覚にも瞼《まぶた》が熱くなった。が、こんなところで涙を見せるわけにはいかない。菊次郎はぐいと盃を飲み干し、隣の川村に声をかけた。

「この唄でおひらきにしましょう。な、川村さん。うちで飲み直そう」

「は、そうしましょう」

大きく頷いた。

聖護院川原町《しょうごいんかわはらまち》にある聖護院の離れが、菊次郎の住居として用意されていた。荷物はほとんどない。来月にはやってくる妻の久子《ひさこ》や子どもたちと共に、家財道具も運ばれることになっているからだ。

菊次郎は女中に酒の用意を命じ、川村を座敷へと招いた。ここにも洋式の椅子とテーブルが用意されていた。寛《くつろ》いだ結城《ゆうき》の着流し姿になると、菊次郎の端整さはますます際立《きわだ》つ。四十四歳の男盛りの魅力に充《み》ちていて、先ほど舞妓や芸妓が口にした「男前の市長さん」という言葉は決して世辞ではなかったろう。

くっきりとした大きな二重の目は、いかめしい髭がなかったら、愛らしい印象が持たれたかもしれない。

思わず川村はため息を漏らした。

「市長のお顔は、つくづく西郷先生に似とりますなァ」

「あなたは父に会ったことがあるのですか」

「いえいえ、私はそんな年ではありません。西郷先生がお亡くなりになった頃、私は本当に子どもでした。しかし先生の肖像画は私のうちに飾ってありましたので」

「あれは本当の肖像画ではありませんよ」

菊次郎は笑った。

「叔父《おじ》たちの顔を参考に描いたものなのですよ。父は生涯に一度も写真や肖像画はのこしませんでしたから」

「それでも、先生の肖像画を飾る者は多いのです。私のような信濃《しなの》の田舎者の家もです。このお方が日本を救った。御一新をやりおおせたんだと。全く光栄の極みです。台湾でもおつき合いさせていただきましたが、また西郷先生のご子息の下で働かせていただくことになるとは……。そのうえこんな風にさし向かいでお酒を飲ませていただく。これほど嬉《うれ》しいことがあるでしょうか……」

なんと川村は目をうるませているのである。

「やめてください。私は父の名前をことさら出して仕事をしてきたわけではありません。そのことはむしろ避けてきたのですよ」

「そのことならとうにわかっております。しかし市長が台湾であれだけ立派なお仕事をされ、土地の者たちにも情けをかけておられたと聞くたびに、さすが西郷先生のご長男と思わずにはいられませんでした」

「いいえ、私は父の長男ではありません」

菊次郎は静かに首を振った。

「その証拠に、私の名前は菊太郎《きくたろう》ではない。菊次郎ですよ」

「いや、その……」

「あなたも聞いたことがあるでしょう。父は若い頃、奄美大島に流されました。そこで娶《めと》った女が私の母で、私と妹を産んだのです。あの手鞠唄に出てくる西郷の娘とは、年頃からして私の妹でしょう」

「そうですか。妹さままでいらっしゃいますか」

二人は同時にあの唄を心の中で反すうしていた。

ねえさん、ねえさん、どこ行くの
私は九州鹿児島の西郷隆盛娘です
明治十年その年に
切腹なされた父上の
お墓詣りに参ります……

「市長」

突然、川村がすがるようにテーブルの縁《へり》に寄ってきた。

「どうか私に、西郷先生のことを教えてください。どうしてあのような偉大な人が薩摩の地から生まれたか、どうか教えてください」

「私も父のことをすべて知っているわけではありません。しかしこの右脚が……」

義足を指さした。

「この右脚が、あの時確かに父と生きた、ということを教えてくれているのです。私は父と共に西南の役に行き、父と共に死ぬつもりでした。しかしこうして右脚を失っただけで済んだのです。私がこうして生きていることについては、いろいろな意味があるのですが、今まで人に語ったことはなく、あなたもほとんど何も知らなかったはずです。しかしこうして父のゆかりの土地にも来ました。私ももう若くはありません。そろそろ父親のことをじっくりと思い出す時がきているのかもしれませんね」

今でこそ薩摩は大国のように言われているが、どう見てもやせ地の続く貧しい国である。桜島《さくらじま》を見てもわかるように、火山地帯だ。火山灰の積もった台地で、米を育てるのは大層むずかしい。そのうえ台風が毎年襲ってくる。七十七万石というのは、代々藩主の見栄《みえ》で、本当は半分もいかない石高であったこの貧乏藩に、たくさんの武士がいた。住民の四人にひとりは武士の家と言われているから、とても食べていけるわけはない。下級武士のほとんどは百姓をしていた。誰もが米などめったに口に出来ず、サツマイモを齧《かじ》るような暮らしをしているくせに、そういう社会に限って上下関係をつけたがる。上級の武士は、下級の武士を徹底的に見下し階級制度を守ろうとする。

とはいうものの、藩の気風は決して暗くない。貧乏人は貧乏人で固まり助けあって暮らしていく風があった。

西郷隆盛の生まれた下加治屋町《したかじやまち》は、ご城下のやや西にある。西郷隆盛・従道《じゅうどう》兄弟、大久保《おおくぼ》利通《としみち》、大山巌《おおやまいわお》、東郷平八郎《とうごうへいはちろう》などの人物を輩出したこの町は、町というよりも一キロ平方七十八戸ほどの狭い地域である。下級武士ばかりのこの界隈《かいわい》は、キンチクの生け垣が家を囲っている。必ず裏に畑があり、野菜を育てていた。ゆるやかに流れる川は、子どもたちの絶好の遊び場だった。

西郷が生まれた文政《ぶんせい》十年、一八二七年というと、二年前に異国船打払令が出されたものの、黒船がやってくるまでにはまだまだ時間がある。西郷の父親は吉兵衛《きちべえ》といって御勘定方小頭《おかんじょうがたこがしら》役《やく》を務めている。家格は御小姓与《おこしょうぐみ》で、城下士では下から二番めの身分だ。母は満佐《まさ》といって、同じ藩から嫁いできて子どもを七人産んだ。西郷はその長男である。

薩摩の女は苦労が多い。徹底した男尊女卑の中、男の子を立派に育てなければならないという使命がある。長男を叱るのにも注意がいった。大声で怒鳴ったり、体罰を与えようものなら、

「総領息子に何ということを」

と舅姑《きゅうこ》たちから自分が叱責《しっせき》される。

満佐は他の薩摩の女たちのように働き者で信心深く、ひたすら愛情を子どもたちに注いだ。西郷は幼名を小吉《こきち》といったが、生まれつき体が弱かった。食も細い。母は鰹節《かつおぶし》を毎日煮出して小吉に与えた。そして毎日腕に触れてみるのだ。

「あれ、こげん肉がついたとな。こいで小吉どんは薩摩一の大男になれっどなぁ」

それは確かにそのとおりになった。十歳になった頃には、小吉の背は父に届くほどになり、肩や胸にもがっしりとした肉がついていた。それは鰹節のせいだけではなかっただろう。祖先の一人に、異国の者がいたのではないかと人々が噂《うわさ》したほどだ。

それに小吉の顔は、見た人を惹《ひ》きつけて離さない。いわゆる美男子というのではなかったが、太い眉《まゆ》の下の目は大きく、黒目がちである。眉が太く目が大きいのは、薩摩の者の特徴

であるが、小吉の瞳《ひとみ》はきらきらとした光をはなっているのである。無邪気にこの目で見つめられると、たいていの大人は息を呑《の》む。

「ああ、なんていう子どもだろう……」

無口な分、じっと相手の目を見てその言葉を聞こうとする。こうした子どもを目の前にすると、大人は感動せずにはいられないのだ。

母は健康になった小吉に、長男の心得を説いた。

「小吉どんは、こいからは弟や妹を悲しませたら断じていけもはんどなぁ」

ひもじい思いをさせたり、みじめな気持ちにさせるなという意味である。小吉はそれからというもの、夜明け前に家を出て、離れた土地にある畑を耕しに行った。少しでも多くの芋をつくろうとしたのだ。冬になれば寒い思いをさせまいと、山に入り薪《まき》をつくった。この少年は黙々と一連の作業をする。愚痴を言うこともなければ、つらそうなそぶりを見せることもなかった。冬になると、たった一枚の布団を男兄弟で取り合うが、小吉は自分は端《はし》ではみ出しても、年の離れた弟の竜助《りゅうすけ》（従道）を真ん中の暖かい場所に置いた。

「なあ、竜助」

時には膝《ひざ》に置いてあやすように言う。

「うちは銭がなくて時々ひもじかこともあっが、立派な父上がいてやさしか母上がおらるっ。そしておじじさまもおばばさまも、金次郎《きんじろう》も、お琴《こと》も、お鷹《たか》も、お安《やす》もおっ。みんなが仲よう楽しゅう暮らしとる。お前ぐらい運のよか者《もん》はおらんぞ」

そしてこれは、自分自身につぶやくように小さな声でささやいた。

「お城を見やんせ。腹黒い妾《めかけ》がおって悪巧みばかりしちょっ。お殿さまは妾の言いなりで、ご立派なご長男をないがしろにしておる。じゃっど今、お城の中は二手に分かれてみんないがみ合っちょっ。こいに比べれば、うちの家はみんなぬくぬくと仲がよか。竜助、このことを有難いと思わんといけもはんで」

この小吉の気がかりは、後にお由羅《ゆら》騒動となって薩摩藩を揺るがす大事件となるのであるが、まだ火種がちょろちょろとくすぶっていた頃である。


八歳になると薩摩の男の子は、郷中《ごうちゅう》で先輩たちから教育を受ける。これは自主的につくられた青少年教育のための仕組みだ。早い話、立派な藩校をいくつもつくれない。武士が多い分、自分たちで手分けしてやってくれということである。当然のことながらあたりはずれがある。いい指導者がいないところは、ただの乱暴者の集団になり近所に迷惑をかけた。

またこれは何人もの藩主が経験することであったが、江戸に住んでその地で薩摩の若者を見ると、あまりのことに衝撃を受けるのだ。髪型も衣服も非常に見苦しい。何よりも何を言っているか全く通じず、店に行っても買物することが出来ない。このため、何人かの藩主が郷中に対して、身なりや言葉に注意をうながした。江戸並みには到底無理としても、せめて九州で通じるくらいにしろと言うのである。が、これは幕末になってもついに改善されることはなかった。

小吉たちはまず稚児《ちご》組に入り、論語の素読《そどく》や習字を習い、その合間に相撲や競走、浜遊びなどをする。十五歳になると二才《にせ》組となり、稚児組を教えたり、さらに『四書五経《ししょごきょう》』などの学問と剣術を深めていく。少年たちは読み物も大好きだ。十二月十四日の夜は、赤穂《あこう》義士の討ち入りの物語『義臣伝』を、皆で徹夜して読む。

　薩摩でも地域によっては、

「学問はよか。そいよりも体を鍛えることじゃ」

という風潮があるが、下加治屋町に関してはそんなことはなかった。それは大人たちが、

「こん貧乏から抜け出すには学問しかなか」

ということを身に沁《し》みて感じていたからに違いない。

　十二歳の小吉は、毎日夜明けに起き畑仕事をひととおり終えた後、町内の有馬《ありま》家へ向かう。二才の有馬一郎《いちろう》が、少年たちの勉強を見てくれるのである。傍にいるのは三歳下の幼なじみ大久保正助《しょうすけ》（利通）、伊地知龍右衛門《いじちりゅうえもん》（正治《しょうじ》）、吉井幸輔《よしいこうすけ》（友実《ともざね》）たちだ。

　正助は大変ないたずら者として近所でも評判であるが、学ぶ時は神妙になり決して無駄口を叩かない。父親に厳しく躾《しつ》けられているのだ。正助の父、大久保次右衛門《じえもん》も郷中での優れた教師だ。陽明《ようめい》学や洋学をおさめた彼は、嚙《か》んで含めるように論語を教え、時にはカルタ取りの楽しさも味わわせてくれる。しかも母親は皆吉鳳徳《みなよしほうとく》という有名な蘭学者の娘だ。郷中の子どもたちを歓迎してくれた。

　ある日のこと、小吉たちは有馬の家で不思議なものを見た。それが地図だということはわ

かるのであるが、薩摩のどこでもない。大きなかたまりの土地が海に浮いている。

「こいは世界の地図じゃ」

有馬は言った。

「おはんらに地球儀を見せたかったが、こげな田舎ではどげんしても手には入らん。今は地図が精いっぱいじゃがよう見ておけ」

子どもたちは洋文字で書かれたそれを、いっせいに凝視した。しかし薩摩とおぼしき地形はどこにも出てこない。

「有馬さあ、薩摩はどこにあっとですか」

正助が尋ねる。

「ははは。やっぱりおはんらまっ先にそいが知りたかか」

有馬はこよりを取り出し、その先をさらに細く丸めた。そして小さな島の一部をつつく。

「薩摩はここじゃ」

「えーっ」

少年たちはいっせいに声を上げた。

「ついた点ぐらいの大きさが薩摩じゃ、そいでこん細長い島が日本じゃ」

少年たちは押し黙る。驚きを通り越して恐怖さえ感じる。自分が住んでいるところはこれほど小さなところで、海の向こうには、途方もなく巨大な土地が拡《ひろ》がっているのである。

「ここがろしあ、ここがめりけんいうところじゃ」

そして有馬の指は次第に下がっていく。

「こん大きなところが清国《しんこく》。おはんらもよう知っちょっところじゃ。孔子《こうし》さまがお生まれになったところじゃからな」

そして指はさらに動き、有馬は、

「こん九州と向かい合っちょっところが朝鮮じゃ。ここは薩摩とは縁が深かところじゃ」

おごそかに言った。

「ここに二度も豊太閤《ほうたいこう》（豊臣秀吉《とよとみひでよし》）が出兵したのは、おはんらもよう聞いちょっじゃろう。そんためし多くの兵や金を出さなくてはならなかった惟新公《いしんこう》（島津義弘《しまづよしひろ》）さまのご苦労は、筆舌に尽くしがたかもんがあったということじゃっ。朝鮮の民も辛酸をなめたが、わが薩摩もつらい長い時代じゃっ。豊太閤がどうしてあれほど朝鮮に執着されたとか、今もっておいにもわからぬ。老いの呆《ぼ》けのせいじゃと言う者もおっがそうじゃろか。結局は他国に押し入って、得たものといったら陶工だけじゃっ。そいで有田《ありた》の陶器が栄えたといってもどれほどのものじゃろう。

朝鮮の冬は大層寒くてな、兵舎に長い囲炉裏をつくり、ここに薩摩の兵どもは上も下もなく火にあたったということじゃ。これをご覧になった肥後《ひご》の加藤清正公が、戦場では主従が作法もなく交じりつき合うが、いざとなると上下の礼儀をもって戦う、こいこそが薩摩だとお褒めになったということじゃ。そいをお聞きになった惟新公が、下の者に命じ、若い者たちの集まりをさらに徹底し、薩摩の国風を守り伝えよとおっしゃったとじゃ」

小吉は母親のことをふと思い出した。幼い頃から、母は口を開けば、

「郷中で笑われっようなことがあっては決してなりもはんど」

と言っていたからである。

もの心ついた頃から、礼儀作法は厳しく躾けられた。朝晩の両親、祖父母への挨拶、そして町内での年長者への言葉の使い方を口うるさく注意された。同時に弟たちには、まず兄である小吉を敬うようにと教え、妹たちにはそれに主従のような感覚をつける。

洗濯ものも別にし、干す時も畳む時も男と女を別にさせるのは、

「おはんの兄や弟たちは、いずれ武士としてお国のために働く御身《おんみ》なのじゃ。女のおはんらはそんために尽くさなければならん。無礼があってはいけもはんど」

と言いながら、

「そん代わり」

と母は小吉に諭したものだ。

「おはんは弟や妹たちを大切にしてやらなければいかん。きょうだいばかりではなく、力の弱い者を守るっとは、強い者がしなくてはいかんこっじゃでな」

もしお前が卑怯《ひきょう》なことをしたり、怠けたりしていたら、郷中の先輩方は何と思うだろうか。同じ町内だから、お前がどれほどの子か、すぐに人にも伝わるだろう。どうか郷中で認められる子になっておくれ。どうか郷中の皆さまと仲よくやっておくれ……。

小吉はまわりを見渡す。正助も正治も、おそらく同じようなことを母親に言われて育った

に違いない。暑い日であるが、姿勢を崩さずじっと有馬の講義に聴き入っている。これは大人たちから聞いた話であるが、下加治屋町の稚児たちというのは、よく剣の稽古《けいこ》も勉強もし、行儀もよいという評判をとっているという。

郷中によっては、他の地域の子どもたちと交流させないこともあったが、下加治屋町はそんなことはない。時々はお城近くの郷中の子どもたちとも交わることがあった。比較的身分の高い家の子どもたちが、案外野放図であることに小吉は驚くことがあった。

「薩摩の武士ならまず志を持つことじゃ。文と武に長《た》けた者になること。そして酒色に決して溺《おぼ》れぬ心根を持つことが肝心じゃ」

シュショク、という言葉の意味が少年たちにはわからない。とっさに顔を見合わせた。すると有馬は、半紙に大きく「酒と色」と黒々と書いた。

「酒を飲むのは構わぬ。じゃっどん、度を越してはならん。そして、女には触れぬ方がよか。いや、本当に触れてはならん。郷中の掟《おきて》にも書いてあっじゃろ。女性《にょしょう》とみだりに交わってはならぬとな」

有馬はさらに説く。

「女などというものは、年頃になって親やまわりが薦める者を嫁にとればよかとじゃ。そんな前に女に触れ、女に溺れる、などというのは言語道断じゃろう」

そもそも女というものは、母親を除けば、こちらの心を与える価値のないものなのだ。女に溺れるくらいなら男に溺れろ。本気になって男に惚《ほ》れるのだ。

「何もおはんたちに衆道《しゅうどう》を勧めているわけではなかぞ」

しかしと、有馬は言う。

「おはんたちが将来命を懸ける主君を、本気で思う。女に惚れるよりもさらに強くそん方に溺るっ。そいこそが武士というもんじゃ」

半分も意味のわからぬまま、少年たちは頰《ほお》を染めながら深く頷くのであった。

二

薩摩は武の国である。

京、大坂《おおさか》から遠く隔たったこの国には、〝薩摩人〟というべき個性的な人間がいる。武士たちはおしなべて貧しいが、それを決して恥とは思わない。私欲に敏《さと》い者は軽蔑《けいべつ》された。

徳川《とくがわ》の世になって二百年以上が過ぎようとしていたが、この国では今でも戦国のような荒ぶる風が吹いている。武士が役人となっている他の藩と違い、この国では刀を持つ者はいつでも臨戦態勢を心に刻んでいるのだ。

郷中《ごうちゅう》の少年たちの教育も、時には過酷なものとなる。怠惰な者はまず排除され、その地域ではいないに等しい者として扱われる。だから少年たちは必死だ。朝早くから四書五経を学び、同時に激しい剣の稽古《けいこ》にも励まなければならない。

薩摩の剣は示現《じげん》流が主流である。大きく構え、気合いと共に上から振り下ろす。二の太刀はないといわれ、最初のひと太刀で勝負を決めるのだ。体の未熟な少年たちは、刀を振り下ろしても、うまく急所を狙えない。それでも「チェストッ」と、精いっぱい腹から声を出すように指導された。

体を鍛えるための年中行事も多い。新年の勝ち抜き戦をはじめ、五月は曾我《そが》兄弟にちなんだ「曾我物語輪読会」、六月は島津忠良《しまづただよし》公をしのんで「加世田日新寺《かせだじっしんじ》まいり」、九月は島津義《よし》弘《ひろ》公の菩提《ぼだい》寺に向かう「妙円寺《みょうえんじ》参り」などがある。

七月十八日、下加治屋町《したかじやまち》の二十人ほどの少年たちは、早朝に集合し吉野原をめざして歩き始めた。心岳寺《しんがくじ》参りである。ここにまつられている歳久《としひさ》公は、薩摩の人たちの崇拝の的だ。歳久公は島津貴久《たかひさ》公の三男で、義久《よしひさ》公、義弘公の弟となる。九州征伐の折、豊臣秀吉《とよとみひでよし》に降伏した兄義久と違い、歳久公は最後まで抵抗をみせた。朝鮮出兵の際も、病気と偽り加わらなかったほどだ。こうした反抗に憤った秀吉は、兄義久に弟の首を差し出すよう命じた。それを知った歳久公は、舟で平松《ひらまつ》へと逃れ自害したのである。

この歳久公の生涯は、反骨精神を持つ薩摩人の心をうつ。人気が高い武将なのだ。よって毎年歳久公の祥月《しょうつき》命日になると、多くの郷中で心岳寺参りを行なうのである。

ただの寺参りとは違う。吉野山から竜ケ水《りゅうがみず》にかけては、非常に険しい山道となる。九歳の小吉《こきち》にはつらい道のりだ。が、先頭としんがりは年嵩《としかさ》の少年たちが歩き、幼い者たちを励ましてくれる。

「もうじきたいらな道に出る。そげんしたら寺はすぐそこじゃ」

「ほい、こん真ん中を歩け。そこは草で滑りやすかで」

獣道のような斜面を降り、ようやく参道にたどりついた時、少年たちは数騎の馬が駆けてくる音を聞いた。皆はいっせいに道に膝《ひざ》をつき頭《こうべ》を垂れる。馬に乗るような身分の高い武士には、礼を尽くさなくてはならない。

馬よりも先に土煙がやってきた。それを鼻で吸い耐えていると、馬はぴたりと止まった。

「この者たちは」

男の声がもう一人の者に尋ねている。

「は、今日は歳久公のご命日ゆえ、心岳寺に参詣《さんけい》する郷中の者たちでございもす」

「そうか。歳久さまのご命日であったか……」

男の声は太くよく通った。ほんのかすかに薩摩訛《なま》りはあるものの、少年たちには耳慣れない江戸の言葉である。

「構わぬ。面《おもて》を見せよ」

男が言うと、もう一人の男が復唱した。

「格別のおぼし召しだ。面を上げよ」

見えない糸に操られるように、小吉は顔を上げた。左に、艶々《つやつや》した栗毛《くりげ》の馬の腹がまず目に入った。山中にもかかわらず足袋《たび》の白いことが、この男が特別の者だということを示していた。

そして小吉はのけぞるように背をそらし、その男の顔を見た。そのとたん体を貫くような衝撃が走り、小さく震えた。小吉は今まで、これほど凛々《りり》しく美しい男を見たことがなかった。やや太り肉の顎《じしあご》はまるで五月雛《ごがつびな》のようだ。小吉の家には雛などなかったが、町内の分限者《ぶげんしゃ》の家で見たことがある。気品ある顔立ちであった。

「どこの郷中の者か」

「どこの郷中だ。構わぬ、答えよ」

「下加治屋町でございもす……」

二才《にせ》の有馬一郎《ありまいちろう》の声も震えている。

「下加治屋町の者たちか。幼い者たちもいるのに心岳寺参詣とは殊勝な心がけだ。お前たちのような者がいれば薩摩も安泰だ。頼もしく思うぞ」

少年たちは自然といっせいにひれ伏した。男の発した、

「頼もしく思うぞ」

という言葉の威厳にうたれたのである。

来た時と同じように、土煙をあげながら馬は走り去った。馬の後から鷹《たか》を腕にとまらせた男たちが三人走って従《つ》いていく。

しばらくは声を発する者はいなかった。

「斉彬《なりあきら》さまじゃ……」

夢から醒《さ》めたように有馬がつぶやいた。

「このあいだ初めて、斉彬さまがご帰国されたと聞く。あいは斉彬さま……」

「斉彬さま！」

「斉彬さまか」

少年たちは次々と声をあげる。

斉彬は二十七歳であるが、早くも名君の呼び声が高い。将軍家斉《いえなり》に可愛がられ、その一字をもらって「斉彬」と改名したことは、薩摩の人間なら誰でも知っている。

江戸藩邸で生まれ、江戸で成人した嫡子《ちゃくし》の評判は薩摩の人々に伝えられ、それはもう伝説と化していた。

「世にもまれな秀才でいらっしゃる。十歳の頃には、江戸詰めの者《もん》たちを相手に講義をなさったっちいうぞ」

「なんでも重豪《しげひで》さまが、こん曾孫《ひまご》はわしをはるかに超えるとおっしゃったとか」

英邁《えいまい》このうえなく、しかも容姿端麗という斉彬の存在は、どれほど薩摩のさむらいたちの心を熱くしてきたことであろうか。

今日、少年たちはその方の姿をしっかりと見、しかもお言葉まで賜ったのである。

「こいも歳久公のお導きじゃろう。さあ、みんな心して参詣すっど」

と興奮冷めやらぬ有馬が皆を見渡して言った。

夢心地とはこのようなことをいうのだろう、どのようにして家に帰ったか、小吉はよく憶《おぼ》えていない。

家に帰ると、母の満佐《まさ》が湯を入れた桶《おけ》を差し出した。

「今日はよく歩いたこっじゃろう。さあ、こいで足を洗いもんせ」

ぬるま湯に足をひたしたとたん、緊張が解け、小吉はわっと泣き出した。喧嘩《けんか》でも泣いたことがなく、いつも穏やかでおとなびた様子の、この総領息子の取り乱しように、母の方が驚いてしまった。

「これ、小吉どん、泣くのは男としていちばんみっともなかこっじゃ。郷中の皆さまと何かあったとですか。まさか、おはんだけ落伍《らくご》したのではなかか?」

「斉彬さまが……斉彬さまが……」

小吉はしゃくりあげた。どうしたら母に説明出来るだろうか。あの方が、

「頼もしく思うぞ」

と言った瞬間、あたりの空気が黄金色に変わったのである。

「斉彬さまが、おいたちを見て、お言葉を、お言葉をくださったとです……」

「まあ、斉彬さまにおめにかかったとか」

満佐も大きく目を見開く。

「六月に初めてご帰国なさり、まあ、そのお姿の立派なことといったらなかと、ご城下の者たちが噂《うわさ》しおいもしたが、そげんか。小吉どんはおめにかかったとですね」

そこに騒ぎを聞きつけて、祖父の龍右衛門《りゅうえもん》が顔を出した。

「斉彬さまにおめにかかったとは、なんという果報なこっじゃろう。あん方のお名前は、薩摩よりもむしろ江戸に鳴り響いちょっと聞いちょっ。将軍家斉公が『薩摩に島津斉彬あり』とおっしゃったのは、はて、何年前のことじゃったか」

粗末な野良着で、ぺたんと縁側に座った。

「重豪さまがそいはそいは期待をばされ、ご一緒に蘭学を習われていたということじゃったが、そげんか、あん方が薩摩に帰ってこられたか」

「またすぐに、江戸にお戻りと聞いておいもすが」

「そうじゃ、そうじゃ。本丸老中になられた水野忠邦《みずのただくに》さまが、斉彬さまを頼りにされ、いろいろご相談されているという。もはや薩摩だけではなか。幕府にとって必要なお方じゃ」

祖父と母が話している間にも、小吉の目からは涙がとめどなく溢《あふ》れてくる。もちろん悲しくて泣いているのではない。あまりにも大きく素晴らしいものに出会ってしまったため、心がうまく対処出来ないのである。それは小吉が初めて味わう感動というものであった。

「小吉どん、いつまで泣いちょっとですか」

満佐がきっと睨《にら》んだ。

「おはんは心が熱過ぎる時があっ。感きわまって泣くなどは、女がするこっですよ。なんてみっともなかっじゃろう。そげん泣き続けては、弟たちにもしめしがつかないではあいもはんか」

「申しわけございもはん」

小吉は涙を袖《そで》でぬぐった。

「よか、よか。いずれ藩主になるお方を慕う気持ちが高じたとじゃろう。さあ、こっちへ来い。祖父《じい》が砂糖湯など飲ませっやろう。いや、こいはおはんの母が、朝早くから山を歩き、さぞ疲れちと用意したもんじゃ」

歯の半ば抜けた口を見せて笑った。貴重な砂糖を溶かした湯を飲むほどに、小吉の涙は乾いていった。二人きりになったとたん、小吉は祖父に甘える。総領息子には特に厳しい母と違い、龍右衛門の笑顔は、いつも優しく小吉をつつみ込んでくれるかのようだ。

「祖父さま、斉彬さまはいつ藩主にならるっとですか」

「そいはわしにもわからん。二十七という斉彬さまのお年ならもうとっくにお継ぎになってもよかじゃが、まだ斉興《なりおき》さまもご壮健でいらっしゃるからなあ」

現藩主で父の斉興は四十五歳であった。

「なあ、祖父さま、おいはいつか斉彬さまのお側にお仕え出来もんそか」

「そいはむずかしかかもしれんなぁ……」

祖父の目が宙を泳ぐ。どうしたら孫の心を傷つけずにすむだろうかと考えているのだ。

「わしもおはんの父も藩の職にありながら、殿のお姿をついぞ拝見することはなかった。殿のお側近くにお仕えすることが出来る家は、代々決められておってな。じゃっどん斉彬さまが藩主になられる頃には、世の中も変わっちょっじゃろう。斉彬さまは先々代の重豪さまとよく似ていらっしゃる。あの頃のご城下はとにかく金がなく、さむらいさえも飢え死に寸前じゃった。そいを調所《ずしょ》殿をお取り立てになって、財政を再建したとじゃ。調所殿は茶坊主上がりじゃっでとやかく言う者も多かが、とにかくおはんが一生懸命剣を習い学問に励めば、きっとお側に行くことも出来っじゃろう」

「祖父さま、本当でございもすか」

小吉の顔がぱっと輝く。

「おいはこいから、もっともっと精進しもす。今にきっと斉彬さまのお役に立つような身になりたか」

「よか、よか」

龍右衛門は微笑《ほほえ》みながら小吉に近づき、声を落とした。

「おはんのそん志《こころ》は本当に立派じゃ。じゃっどんそんことを人に言うちゃいかんど。身のほど知らずと笑わるっでな。よかか、わしもおはんの父もどれほど口惜《くや》しか思いをしてきたことか。決して諦《あきら》めてはならんが、大それた望みを口に出すではなか。望みは胸のうちに秘めてこそ叶《かな》うもんじゃからな」

わかりましたと、小吉は答えた。黒く光る大きな瞳は、またうるんでいる。


それから四年がたった。小吉はますます大きくなり、目方が二十貫（約七十五キロ）を超えた。

「もう鰹節《かつおぶし》は飲ませとらんのに」

と母の満佐が不思議がる。

小吉は子どもの頃からおとなびていたが、十三歳の今も仲間たちとはしゃぐようなことはない。微笑みながら皆の悪戯《いたずら》の手柄話を聞いている。凧《たこ》揚げやトンボ採りはどれもうまい。相撲をとらせたらかなう者は誰もいなかった。郷中の仲間たちは、

「ご城下で小吉どんぐらい、頭がよくて強か者はおらんのではなかか」

と自慢し合うのだ。

小吉は毎晩のように、正助の家に向かう。次右衛門《じえもん》からさまざまな話を聞くためだ。

薩摩藩は大きく変わろうとしていた。参勤交代も危ぶまれるほどの貧乏藩が、いつのまにかとてつもない財を蓄《たくわ》えるほどになっていたのは、十年近くにのぼる調所広郷《ひろさと》の改革がようやく実を結ぼうとしていたからである。

彼はまず信じられないような手段に出た。金を借りた商人たちに、二百五十年賦の無利子返済を言いわたしたのだ。早い話が踏み倒しを宣言し、五百万両という借金を乗り越えようとしたのである。当然のことながら商人たちは大騒ぎとなったが、調所にはお咎《とが》めなく、下の者も軽い処罰で終わった。調所は用意周到に幕府に〝見逃し料〟を渡していたのである。

まずは借金という重荷をはずして調所はさまざまな改革にとりかかった。

米や煙草、鰹節、塩、絹織物、菜種の増産と品質向上を指示し、そのために技術の開発に力を入れた。そして彼が目をつけたのは、奄美《あまみ》の島々で生産される黒糖である。米をつくらせず、可能な限りサトウキビ畑に変えた。そしてすべて藩が買い上げる専売制にしたのだ。

「奄美の話はなかなかこちらまで伝わってこんが、島は今、黒糖地獄と呼ばれちょっそうじゃ」

次右衛門はぽつりと言う。小吉の家に負けずおとらず貧しい大久保の家では、晩のひとときさ酒など飲まない。次右衛門はゆっくりと白湯《さゆ》を口に含みながら、悲し気に眉《まゆ》をひそめた。

「奄美の者たちはそん黒糖の年貢がはらえず、われでわが身を売るそうじゃ。そいで金持ちの家の奴隷となり一生働き詰めに働くのだという」

「そいはむごかことでございもすね」

小吉も深く頷《うなず》く。ご城下でも借金のために下男や下女となり、一生その家に仕える者はいくらでもいた。

「こいは噂であるが、調所殿のおかげで二百五十万両の蓄えが出来たということじゃ」

「二百五十万両！」

これには小吉も正助も同時に声をあげた。

「しかし調所殿は急ぎ過ぎているような気がしてならん。藩のためにといえば、非道も通る。こげなことがいつまでも続くわけがなか。まあ、自分一代ですべてを解決しようとするから無理がくっとじゃ」

次右衛門は自分に言い聞かせるように、茶碗《ちゃわん》の白湯をごっくりと飲む。

「人の命など限りがある。次の者に託すように畑を耕す。自分一人でことを成し遂げようとすれば、必ず世の中がきしむじゃろうよ。現に調所殿のやり方は強引過ぎると、腹を立てている者も多か」

しかしおはんたちは何も心配することはなか、と次右衛門は言った。

「調所殿のおかげで、下の者が取り立てられ家老になる道が出来た。おはんたちももっと学問に励まなくてはならん」

小吉は藩校である造士館《ぞうしかん》に通うことが許されるようになった。造士館は下級武士の子どもであっても、優秀な者は講義を聴いても構わないことになっている。

「兄《あに》さあ、畑のことは心配せんでよかど。兄さあがやっちょった朝の水やりや草取りはこいからおいがしもんそ」

と六歳違いの金次郎《きんじろう》（吉二郎《きちじろう》）が言った。この弟は兄のことが好きで仕方ないのだ。小吉と違って金次郎は、ひょろりとした体つきをしている。それでも夜明け前に鍬《くわ》を担いで、ひとり家を出るようになった。その姿を見ると小吉はやはり泣いてしまう。母に叱られるからこっそりとだ。そして本を風呂敷《ふろしき》に包んで自分も家を出る。本は郷中の二才たちが、必死でかき集めてくれたものだ。

『四書五経』はともかく、造士館で使う本を、小吉は到底買えなかったからだ。

造士館の中で、小吉の着るものはひときわみすぼらしい。袴《はかま》を短く着つけ、脛《すね》を見せるのが薩摩のさむらいの特徴だ。おかしな着方だと京や江戸の人々の眉をひそめさせることになるのだが、それはずっと後の話である。そうした中でも小吉の袴はひときわ短い。それは祖父のお下がりを着ているからだ。龍右衛門よりもはるかに大きい小吉だと、脛どころか、ふくらはぎの半分まで見える。郷中では誰も気にもとめなかったが、造士館ではさすがに目立つ。最初の日に、小吉が講堂の書見台の前に座った時は、あちこちで鼻で笑う音が聞こえた。

造士館に通い始めて、ひと月たった頃、小吉は一人の少年に呼びとめられた。別の郷中の少年である。その後ろに数人の少年が立っている。

「おはん、そげな見苦しか恰好《かっこう》で、伝統ある造士館に来てもよかと思っちょっとか」

「こいはまっこて申しわけなか」

小吉は素直に頭を下げた。

「が、こいしか着るものがなかで、こんとおり許しやったもんせ」

「おはんのような下加治屋町風情《ふぜい》が、ないごて造士館に通っとか。おはんのような百貫のでくのぼうがおっと、まっこて目ざわりでたまらん」

そう言うと少年は、いきなり小吉のふくらはぎにけりを入れた。

「なんじゃ、こんざまは。こげな短か袴がこん世にあっどかい」

さらに調子づいた彼は、袴に手をかけ破ろうとする。さんざん洗い張りをした布は、たやすくびりりと裂けた。

「何《なん》をすっか」

小吉は身をかがめ、少年の腰に手をまわした。とても少年がかなう相手ではない。小吉はらくらくと片手で少年を持ち上げ脇の下にはさんだ。

「おおっ！」

見物していた少年たちからどよめきがあがる。小吉はそのまま二、三度振りまわして少年を小川の上まで運んでいった。

「おい、よせ！」

抗《あらが》う少年を無視して、そのまま川に落とす。浅い細い川である。少年は背中から落ちていった。そしてしばらく水の中で、あおむけのまま必死にもがく。

「あれーっ」

少年たちはことの重大さに気づき、急いで彼をひっぱり上げた。髪も着ているものもずぶ濡《ぬ》れであるが、小吉はふり返ることなく去っていく。大きな体に、短い袴がゆらゆらと揺れ、そのさまは滑稽であるが、もはや笑う者はいない。

この喧嘩のことを、小吉は父にも母にも、そして祖父母にもひと言も言わなかった。袴の破れは妹の琴《こと》が繕ってくれた。

「兄さあ、袴に合う黒か糸があいもはん。白か糸でも構いもはんか」

「よか、よか、白糸でよか」

「白か糸だと、縫い目が目立ちもはんどかい。黒か色を買いたかとじゃっどん……」

そういう琴も、全く身丈《みたけ》の合わないものを着ている。それは祖母のお下がりなのだ。黒い縞《しま》ものを着ている妹がふびんで、小吉はこんな軽口を叩《たた》いた。

「お琴、今においが銭持ちになったら、おはんに綺麗《きれい》なべべを買《こ》っくるっでな」

「兄さあ、本当ですか」

「ああ、帯もよかもんを買うてやろう。ついでに簪《かんざし》もじゃ」

「兄さあ、嬉《うれ》しか。早く大人になってお銭を稼ぎやったもんせ」

その時、

「おはんたち」

と低い声がした。いつの間にか生まれたばかりの妹、安《やす》を抱いた母が立っていた。

「銭持ちになったら、などと、なんと情けなかことを言っとじゃ。そいがさむらいの子が口にするこっか」

「母上、申しわけありもはん」

二人はあわてて手をつかえ頭を下げた。

「母は口惜しくてないもはん。よかですか、銭持ちになりたい、などと言うのは商人が考えるこっで、さむらいが考えることではなかとですよ。貧しいということは決して恥ずかしかこっではなか。恥ずかしかと思う心が卑しさを生みもす」

「母上、どうか、お許しください。おいが悪うございもした。お琴はおいに合わせただけでございもすから」

「妹にそのような下卑《げび》たことを言わせたおはんは、兄として本当に情けなかこっじゃ」

「母上、おいが悪うございもした。どうか、どうか、お許しくださいもんせ」

小吉は板の間に頭をこすりつけた。母の腕の中で幼い安が、きゃっきゃっと笑い声をたてている。

「よかですか、小吉。もう二度とこん家の中で、貧乏だの銭儲《もう》けだのと言うことは許しもはんよ」

この時、満佐の気迫に圧《お》されたのか、はしゃいでいた安の声が急にやんだ。不思議そうに母の顔を見上げている。

小吉と琴は、ただ伏しているだけであった。

この後小吉は、くだんの少年から卑怯な仕返しにあう。造士館からの帰り道、後ろから急に襲われたのである。この時相手は刀を打ちつけてきたのであるが、力が入りすぎて鞘《さや》がぱっくり割れてしまった。刃《やいば》がもろに右肘《ひじ》の筋を切ったのである。これは生涯残るほどの傷となったが、小吉は母にひたすら隠そうとした。弱音を吐くことは許されることではなかった。手当てをしてくれたのは、郷中の有馬たちである。

一応傷の痛みはおさまったが、うまく右手が上がらぬようになった。

「もう、よか、よか」

小吉は言った。

「どうせ武芸で立とうとは思うとらんかった。こいからは学問に励めという天のご指示かもしれん」

小吉はひたすら本を読み、わからないことは遠くまで師を求めて訪ねていった。その頃小吉の心を占めていたのは陽明学《ようめいがく》である。明《みん》の時代、王《おう》陽明が開いた儒学の一派で、『伝習録《でんしゅうろく》』には、王陽明の遺した言葉が書かれている。

「知は行の始《もと》、行は知の成《じつせん》である」

知行合一《ちこうごういつ》。行動の学問ともいわれる陽明学の学者に、あの有名な大塩平八郎《おおしおへいはちろう》がいる。大塩平八郎が乱を起こした時、小吉はまだ十一歳であった。しかしじっとしていられないほどの興奮ははっきりと憶えている。

「一人で天下を変えようとしたとじゃ」

この遠い薩摩の地に住んでいても、時代の地響きのようなものは確かに感じられるのである。意趣返しに刃を向ける武士の子どもがいるという理不尽さ。働いても働いても、少しも楽にならない家の暮らし。

「そいはどげんしてか」

と知ろうとすると、重大なことにぶつかりそうになる。が、小吉は知らずにはいられない。だから学ぶのである。


貧困はますますひどくなるばかりである。小吉はやがて吉之助《きちのすけ》と名乗るようになり、十八歳の時に郡方書役助《こおりかたかきやくたすけ》というものに就いた。郡奉行の下につく書記のことである。わずかばかりの扶持米《ふちまい》が支給されたが、家計をうるおすにはほど遠い。その前年満佐は男の子を産んだ。恥かきっ子といわれる年齢だったので、乳があまりよく出ない。

吉之助は、ひもじさのあまり、ぴいぴいと泣き続ける弟竜助《りゅうすけ》を懐の中に入れてあやした。弟はかわいくてたまらない。しかし心の中で、

「あん年になって、どげんして母上は子どもを産むんとか」

という思いがわき上がってくるのはどうしようもなかった。

どうしたら子どもが生まれてくるか、などというのはとうに知っている。郷中の仲間たちから、町はずれの遊郭に誘われることもあった。

「女というものは本当によかもんじゃ。あそこがやわらかくてふわふわしちょっ。男とはまるで違う」

と言う者もいる。少年時代、男同士で戯れることは、このあたりではそう珍しいことではない。まだ本格的な性を知らぬまま、どうしようもない衝動を幼い者同士で試してみるのである。深い心の繋《つな》がりを求めるあまりの行為ということもある。

吉之助も、年上の少年たちに仕掛けられたことが何度かある。竹馬や相撲の延長のようなものだ。

相撲を取る時、好きな少年が相手になると吉之助の動悸《どうき》は速まる。彼の汗のにおい、耳朶《じだ》から漂ってくる甘い垢《あか》のにおいに、下半身がかすかな変化を始める。それを気づかれまいと吉之助はことさら大きな声をあげる。

「それ、エイッ！」

そして足をかけていき、土俵にころがす。すると相手の少年は苦痛に顔をゆがめる。それを見るとまた吉之助の体はうずくのだ。

「じゃっどん、女を抱くよりもずっとましじゃろう」

本当にそう考える。

両親への尊敬の思いは変わらないが、狭い家の中、時折そうした気配を感じることがあった。あれほど毅然《きぜん》としている母の満佐の、何かを訴えるかすかな声がする。猫のような声である。

「そいはよがっちょっからじゃろう」

親友の大久保正助が教えてくれた。

「おいのうちはおはんのところよりも狭かで、手にとるようにわかっ。親のあん時の声は全く聞きたくなかもんじゃ」

その結果、子を孕《はら》むのだ。そしてこのように、ひもじがる子どもを世に送り出すことになるのかと思うと、吉之助はどうにもやりきれない。自分が立っている大地が、ぐらぐらと揺れ出したような気分になってくるのだ。

「吉之助さあ、おいたちのような者は、ずっと貧乏のままかもしれん。この頃異国から船がやってきては、あれこれ言ってくるらしか。そんためにお上は、それ海岸を直せ、船をつくれと銭ば求めっとじゃ。米が穫《と》れぬわが藩に無理難題を押しつけちょっ」

「そうじゃなあ。米が穫れねば何も始まらん。そいは天気に左右される。貧乏になるもならぬもみんなお天道と百姓が握っちょっ。おいたちはそいを見守るだけじゃ。つらかお役目じゃ」

その年の夏はことさら暑く、夏に強い薩摩の人たちも、日陰を求めてはぐったりするほどであった。生後十四ヶ月の竜助は下痢が止まらぬようになり、日々痩《や》せ細るばかりである。母は家中の金をかき集めて、城下の医者のところへ連れていった。栄養が足らぬという診立《みた》てで、竜助は近所の百姓女からもらい乳をすることとなった。安堵《あんど》したのもつかの間、今度は祖父の龍右衛門が、ゴホゴホと嫌な咳《せき》をして寝込むようになった。

「母上、早《はよ》う祖父さまを医者にお連れした方がよかではあいもはんか」

「そいは出来もはん」

満佐は息子の目を見ないようにして言った。

「うちにはまるでお銭がなか。お祖父さまを医者にお連れしようとしたら、わしはもうよか、寿命はわかっちょっ、わしのような老いさき短い者に銭をかくっな、そいよりも竜助を診てもらえとおっしゃったとです。そいで私も不孝のそしりを受けてもよか、竜助を生かそうち思ったとです」

吉之助は祖父の部屋に入っていった。子どもが多いこの家では龍右衛門は次第に追いやられ、以前は農具を置いていた土間にむしろを敷いて寝ているのだ。

「祖父さま、足をさすりもんそ」

吉之助は煮しめたような寝衣をまくり、足をむき出しにした。吉之助の腕ほどもない足だ。夏だというのに、乾いてところどころひび割れている。そして青い静脈が蛇のように細く長く伸びていた。

「よか、よか。おはんは力があり過ぎて足が折れっしまいそうじゃ」

「いや、さするだけやっで」

不吉な形の蛇を消そうと、吉之助は手を何度も何度も動かす。

「ああ、よか気持ちじゃ」

と龍右衛門はつぶやいた。

「おはんは母を責むっとではなか。すべてはおいが決めたこっやっでな」

おそらくさっきの母とのやりとりを聞いていたのだろう。

「祖父さま」

「何じゃ」

「貧乏は恥ずかしかこっではなか。そいを恥ずかしかと思うこっが卑しいこっだと母上はおっしゃいもす。じゃっどん、祖父さま、貧しいというもんは、本当にせつなかもんごわす」

「まあ、せつなかもんかもしれんが、そう耐えられんもんでもなか。おいたちはずっとそうやって生きてきたでな……」

それきり祖父は黙り込んだ。

秋になった。

龍右衛門は強靭《きょうじん》な精神力と体力とで、なんとか夏を乗り切った。しかし体力の衰えはどうしようもなく、日がな寝ているようになった。

吉之助は草牟田《そうむた》の誓光寺《せいこうじ》に通うようになった。大久保正助の父、次右衛門の紹介である。ここには無参《むさん》禅師という住職がいる。

「教えを乞いたか」

と頭を垂れる吉之助に、禅師はからからと笑った。

「人から教えてもらうことばかり考えちょっで、何もわからんとじゃ。おはんの頭の中に溜《た》まっちょっもんを、いっぺんみんな出してみっ。そいで空っぽの中に自分の力で何か入れてみっとじゃ」

が、座禅のやり方だけは教えてくれた。足を組み、法界定印《ほっかいじょういん》という形に手を組み合わせる。思いを止めなくてもよい、と僧は言った。思うものは思いにまかせても構わないのだと。

目を閉じ、ゆっくりと鼻から呼吸する。そして浮かぶものを拒否することなく、次々と受け入れていく。

骸骨《がいこつ》のように痩せた龍右衛門の寝顔。

「おいの家は、どげんしてあのように貧しかとじゃろか」

白い飯を腹いっぱい食べたいと思うのはいけないことなのだろうか。妹に美しい着物を買ってやりたいと思うことは罪であろうか……そして不意に、少年の時に一度だけ仰いだ斉彬の顔が浮かぶ。

「ないごておいは、あん方に近づけない身分なんじゃろか」

その瞬間、肩に痛みが走った。警策《きょうさく》を受けたのである。

三

「無になるということは、心が澄みきって赤子のようになるということでごわんそか」

「そげな単純なことではなか。自分がすべてのもんと繋《つな》がっちょって、そいで全く何でもなかというこっじゃ」

「そいはいったいどげなことなのでごわんそか」

「おはんはそいを知るために、こうして座っちょっとじゃ。全く禅問答とはよく言ったもんじゃやど。自分がそいを味わわなければ、わかるわけがなか。人が教えることはまるで出来ん」

呵々《かか》と笑った。

修行を積んだ者だけに「その時」は突然訪れるという。ある者は歓喜のあまり大声をあげ、走り出す。

しかし吉之助《きちのすけ》は〝その時〟が訪れなくてもいいと思えるようになった。いつしか心と体が禅を欲していたのだ。どれほど寒くても雨が降っても、吉之助は寺をめざして歩く。そして誰もいない本堂でひとり足を組んだ。

右足を左足の股《もも》の上に置き、左足を右足の股の上に置く。肥満した吉之助にはこれは大層むずかしい。が、半年もたつ頃にはすんなりと組めるようになった。

「おはんは愚直でよか。愚直な者《もん》でなかと修行は出来ん」

初めて師が誉めてくれた。

こうした吉之助の精神の充実とは別に、家計は苦しくなるばかりである。家には夏の病以来、寝たきりの祖父もいたし、まだ幼い末の弟もいた。何よりも心配なのは、最近嫌な咳《せき》をする母の満佐《まさ》である。

米があまり穫《と》れぬ薩摩《さつま》では、芋や粟《あわ》、麦を混ぜる。朝、釜《かま》のふたを開ける満佐は、まずしゃもじを深く中に入れ、芋があまり混じっていないところをそうっとすくい、祖父の龍右衛門《りゅうえもん》と父の吉兵衛《きちべえ》に運ぶ。そしてそのすぐ上のあたりを長男の吉之助、まわりを弟たち、外側の芋ばかりのところは妹たちが食べる。吉之助も弟たちも三杯は食べるから釜はすぐ空になる。見ていると満佐は、底にへばりついたわずかな飯をこそげ取っているのだ。

「こんままではどうにもならん。金を借りようと思う」

と父が言い出したのは、吉之助が郡方書役助《こおりかたかきやくたすけ》という役に就いて四年めのことだ。

「こげな貧乏をしていては、おはんに嫁を貰《もら》うことも出来ん」

吉之助は二十一歳になっていた。確かに妻帯していても不思議ではないが、弟たちとじゃれ合うようにしている今の暮らしに不満はない。

「おいは嫁を貰う気などありもはん。そんために借金をするなどというのはやめてくいもはんか」

「そんためだけではなか。今のうちに石高を増やしておかなければ、弟たちもこいから生きていくのが困難じゃろう」

今の父の四十七石を金で増やさなければ、一家はこの先どうなるかわからないと言うのだ。

「おはんもお役をいただけるゆえ、二人で少しずつ返していくっはずじゃ」

板垣《いたがき》家にはもう話がついているという。板垣家というのは、川内《せんだい》川沿いの水引《みずひき》村の豪商である。

二人して板垣家を訪れた。屋敷の周りに白壁をめぐらせたこのあたりの大地主である。といっても、百両という大金はやすやすと貸せるものではない。

主人の板垣与三次《よさじ》は、しばらく膝《ひざ》に目をおとしていたが、

「よう、わかりもした」

と潔く頷《うなず》いた。

「吉兵衛さあのご気性は、よくわかっておいもす。そいに今日初めてお目にかかりもしたが、吉之助さあのご様子の立派なこと。なかなかの御器量とお見受けしもした。こん父と息子とが力を合わせてくだされば、必ずやお貸ししたものはお返しくださるはず」

「かたじけなか。こん吉兵衛、命に代えても必ずお返ししもす」

いくら借金を申し込んでいるといっても、相手は商人である。それに頭を下げている父を

吉之助はいたわしく思った。

帰り道、父に頼んだ。

「父上、そん百両というものをもう一度見せてくいもはんか」

「ああ、よか、よか、いくらでも見ればよか」

懐《ふところ》に入れた袱紗《ふくさ》の包みを取り出した。ずっしりと重い。それを拡《ひろ》げて見た。その時二人ともおしいただくことは忘れない。

「父上……」

「なんじゃ」

「そん金、少し使《つこ》うてようごわんそか」

「着るもんを新調したかか、そいもよか。おはんのそん袴《はかま》は汚くてにおっちょっど」

「いや、おイシ婆《ばあ》に米を返したかとです」

九年前のこと、近くの村からおイシという老婆が手伝いにやってきていた。もとより給金などもらおうと思ってはいない。

「食べさせてもらえばそいでよか」

しかし西郷家のあまりの窮乏ぶりに、この百姓の老婆の方が驚いた。幼い子どもたちはひとつの布団で寝て、いつも腹を空《す》かせているのだ。

時々、母の満佐がめぼしいものを持たせて、城下の質屋に行かせた。すると質草にもならなかったと、ずけずけとものを言う。

「奥方、おはんの嫁入り道具かしらんが、あのように水をくぐった木綿ものを、誰が預かってくれもんそ。うちの村の女でも、もちっとましなもんを持っちょいもす」

そう言いながらも、嫁の目を盗んで、家から三合、五合と米をこっそり運んでくれたのである。

「ここんうちの子どもはみな太か。よう食べっ。じゃってひもじか思いをさせっとは酷《こく》というものじゃ」

自分とて口減らしのために働きに出されたというのに、おイシは見るに見かねて米をくれたのである。

「あん時はおいもまだ子どもでお役にも就けず、今よりももっと苦しか時じゃした。父上、こん金で、おイシ婆に米を返しとうごわす。おいの袴よりもまずそいが最初でごわす」

三日後、吉野村に向かう道を、吉之助がゆっくりと馬をひいて歩いていく。馬の背には艶々《つやつや》とした俵《たわら》がふたつ、しっかりと縄で結びつけられていた。

やがて吉之助は、目印の鍛冶《かじ》屋にたどりついた。子どもの頃、何度か来たおイシの家は確か右隣であった。

家はあったがその時の記憶よりもずっと小さく、軒が朽ちてところどころ落ちている。

「おイシ婆、おイシ婆」

吉之助は大声をあげた。しかし返事はない。

「あん時もかなりの婆《ばばあ》じゃったが、もう死んじょっとかもしれもはんなあ」

その時、ガタガタと障子戸が開き、白髪を乱した老婆が顔を出した。

「誰ね、人ん家《ち》ん来て死んじょっとは……」

「おイシ婆」

吉之助は思わずその肩をつかんだ。

「おいじゃ。西郷の吉之助じゃ」

「ああ、吉之助さんけえ。おはんは、こげな太か男になって。わからなかったが。ほんとに太かねえー」

「三十一貫（約百十六キロ）あっど」

「三十一貫ねえー……」

おイシは大きく目を見開いた。その目は老人独特の白い脂《やに》で、半分覆《おお》われていた。

「あげな芋と栗ばかり喰《く》ろうて、ようこんだけ肥えたもんじゃ」

「芋ばかりじゃなか。おイシ婆が時々は米を運んでくれもした。あの恩は忘れたことがありもはん。こいはせめてもの礼じゃ」

吉之助は馬の背から縄をはずし、俵を持ち上げた。

「どこに置けばよか」

「そこんとこに……」

指さすおイシの声が震えている。

どしんと俵が心地よい音を響かせた。

「さあ、もう一俵ありもす。そいも運んでくっで」

「なんとなあ……」

おイシの目から涙がこぼれた。

「相変わらずきつか貧乏をしちょっがの、おいもお役に就いて何とかやっちょっど。銭が入ったらまっ先におイシ婆のとこに米をば返そっち思ったが、随分遅くなってすまんことじゃった」

「米が二俵か……米が二俵。こいは本当のこつかなあ……」

おイシはしゃがみ込み、俵を撫《な》でた。

「こん中にいっぱい米が入っちょっとかの」

「ああ、ぎっしり入っちょっ」

「おいをたぶらかそうち、石が入れてあるんじゃなかかな？」

「相変わらずじゃのう、安心しっくいやい。こん俵はみぃーんなみぃーんな米がぎっしりじゃ。ほいでみんなおイシ婆のもんじゃっど」

「みんな米の……俵が二俵……」

ありがとうなあ、ありがとうなあと、おイシは手を合わせた。

「米が二俵、ぎっしりなあ」

「じゃ、ぎっしりじゃ」

吉之助も、握りこぶしで涙をふいていた。

「二俵なあ……」

「ぎっしりじゃ……」

いつのまにか土間で二人、同じ言葉を泣きながら繰り返していた。

決心をして借りた百両であったが、翌年また百両を用立ててもらうことになった。一石の相場が上がったため、どうしても必要となったのである。結局この二百両が返されるのは明治になってからであった。

西郷の家も貧しかったが、少し前まで薩摩藩も多額の借金にあえいでいた。

「おはんらのような若い者は、亡くなられた先々代の重豪《しげひで》公のことを、薩摩を繁栄に導いた名君と崇《あが》めるが、そん尻《しり》ぬぐいはどれほど大変じゃったか」

吉兵衛が語り出す。

「重豪さまは確かにご立派なお方じゃった。おはんも通っちょった藩校、造士館《ぞうしかん》もあん方の代につくられたもんじゃということはよう知っちょっじゃろう。本もいろいろつくられ『南《なん》山《ざん》俗語考』などというものは、清《しん》の言葉と日本語の辞典で、よくまあ、こげなことを思いつかれたもんじゃ。じゃっどんあのお方の〝蘭癖《らんぺき》〟だけはいかがなもんじゃろか。

オランダ語を学ばれ、たくさんの洋書や道具をお買い上げになった。次々と新しいことを思いつかれては、医学院《いがくいん》、天文館《てんもんかん》、薬園《やくえん》をおつくりになったが、そいもみんな藩の借金となっ。また茂姫《しげひめ》さまを一橋《ひとつばし》さまに嫁がせ、一橋さまは将軍家斉《いえなり》さまになられたが、毎年のお化粧料は莫大《ばくだい》なものだったということじゃ。一時期はなんと五百万両という借金をつくられ、参勤交代の旅費もなかったというで、まるで素寒貧《すかんぴん》のわが家のようではなかか」

そこで吉兵衛はひと息ついた。

「いま斉興《なりおき》さまが、斉彬《なりあきら》さまになかなか家督をお譲りにならないことを、それお由羅《ゆら》さまのせいじゃとか、お由羅さまの御腹の久光《ひさみつ》さまがお可愛いからじゃと言う者は多いが、やはり蘭癖のせいじゃろう」

「斉彬さまも〝蘭癖〟だと言うのでごわすか」

少年の頃ひと目見た時から、吉之助は若き世子《せいし》のことを忘れたことはない。若いといっても、あの時から十三年が過ぎ、斉彬はもはや四十になっていた。

「じゃ。曾孫《ひまご》の斉彬さまを、重豪さまはそいはそいは大切になされ、自らオランダ語を教えられたという。斉彬さまが藩主になられたら、また新しか洋書が買われ、新しい蘭風《らんぷう》の建物が建つ。せっかく調所広郷《ずしょひろさと》さまが命を懸けて成し遂げられた財政改革も水の泡になっと、斉興さまは怖れておらるっとじゃ」

「そげんいっても」

吉之助が父に反抗するなどというのは、めったにないことである。

「今やご英邁《えいまい》の噂《うわさ》が天下に鳴り響き、薩摩にこん人ありと言われる斉彬さまを、藩主にいただけなかとは、こいほどの損失がありもんそか」

「おはんは、若殿さまのこととなると、本当にむきになっ」

吉兵衛は苦笑した。

「じゃっどん、調所さまはじめ、上のお役の方々が必ずしも斉彬さまを歓迎しちょっというわけではなか」

吉之助は、父のこうした態度が歯がゆくてならない。やはり話が合うのは朋輩《ほうばい》たちである。伊地知龍右衛門《いじちりゅうえもん》は言う。

「殿がいつまでも若殿にお譲りにならんとは、従三位《じゅさんみ》をお望みだからだという噂じゃ」

もう少し藩主を続けていれば、朝廷から念願の高い位階を貰えるというのだ。

「いや、いや、従三位もさることながら、やはり御国御前《おくにごぜん》が、御舎弟のこっを殿に願っているに違いなか」

そう口をはさんできたのは、幼なじみの大久保《おおくぼ》正助である。

御国御前というのは、国許《くにもと》にいる側室のことで、薩摩にはお由羅という女がいる。五十を過ぎているが、見た者の話によると、信じられないほどの若さと美しさだという。元はお玉《たま》といって江戸深川《えどふかがわ》の船宿の娘だともいうが、ふとしたことから斉興の寵愛《ちょうあい》を受けるようになった。御舎弟というのは、このお由羅の産んだ久光のことである。

斉彬は正室の産んだ世子ゆえに、江戸に住まなければならない。しかし側室とその息子は、ずっと薩摩にいる。藩主斉興が、薩摩弁丸出しのこの息子を大層可愛がっているというのは、よく知られた話であった。

ずっと江戸屋敷で育ち、曾祖父《そうそふ》によって英才教育を受けた長男に対しては、斉興は微妙な距離を保っている。

「殿が若殿よりも、御舎弟の方こそ後継ぞと望んでおらるっとは明白じゃろう」

朋輩の桂久武《かつらひさたけ》の言葉は事実であろうとも、吉之助は同意しかねる。

「じゃっどん、若殿と御舎弟では比べものにならんじゃろう。若殿は今、天下にとどろく英才として、幕府でも重用され、ご老中阿部《あべ》正弘《まさひろ》さままでがことあるごとにそんご意見を求められるというではなかか。若殿は我ら薩摩人の誇りぞ。もともと若殿は、ご正室からお生まれになったれっきとした嫡子《ちゃくし》であらるっ。江戸の得体の知れぬ女の腹から出た方とは違っ。そんご嫡子をないがしろにすっとは、天の道理にもとることであろう。そもそも……」

「わかった、わかった。吉之助どん、そげんにいきり立つな」

まあまあと桂は吉之助を制する。

「若殿があまりにもご英邁であるっとが、殿には不安なのではなかとか。薩摩の国に江戸の器《うつわ》の藩主はいらんとお思いなのじゃろう」

「そいはどげんこつな」

「吉之助どんもわかっちょろう。今、わが藩は調所さまのお力で、あん途方もなか額の借金を返しちょっ最中《さなか》じゃ。そいどころか蓄《たくわ》えも出来ちょっちいう。おいたち田舎の藩には田舎の藩なりに使う知恵というものがあっ。最新の江戸の知恵などいらん、というのが殿のお考えなのじゃろう」

「久《ひさ》どん、馬鹿なこつ言うもんじゃなか。薩摩は田舎などではなか。幕府から一目も二目も置かれっ大藩でごわす。そこに日本一のお方が藩主になられて何が悪かか。御舎弟と若殿とは比べもんにないもんか。久どん、忘れもしたか。『性《せい》、相《あい》近し、習い、相遠し』と論語にあるではなかか」

「そげん言っても、殿は御国御前の言いなりじゃ」

「何をたわけたことを。一国の太守《たいしゅ》たるもんが、女ごときの言いなりになってたまるか」

「そいはおはんが女を知らんからじゃ」

桂は奇妙な笑いを見せた。

「好きな女がそん最中にものをねだったら、たいていの男は抗《あらが》うことが出来ん。毎夜毎夜言われたら、そんとおりになってしまいもす」

「何という不埒《ふらち》な」

吉之助は怒鳴った。

「そげな戯《ざ》れごとは聞きたかなか」

彼らのそんな呑気《のんき》な会話は二年近く続いた。そして突然〝お由羅騒動〟は始まったのである。

まずは町奉行近藤隆左衛門《こんどうりゅうざえもん》ら六人に切腹の沙汰《さた》が下った。徒党を組み、謀反を企て、藩主斉興を隠居させようとしたというのである。近藤隆左衛門が、斉彬の側近として藩の情報を江戸へ送っていたのは確かである。が、それとひき替えに近藤には死という藩命が下った。しかも最初言いわたされた、切腹という武士にふさわしい死ではない。憎しみがつのってか、埋葬後に掘り返されて、改めて磔《はりつけ》のうえ鋸《のこぎりびき》挽とされた。士籍を剝奪してのことだ。

近藤らは、お由羅、久光らの暗殺を計画していたのだという噂が、たちまち城下を駆けめぐった。計画といっても、仲間うちで半分笑い話のようにしたのを密告されたのである。

「そげなことまで許されんとか」

吉之助は唇を噛《か》んだ。

その間にも斉彬派といわれる者たちが、次々と処罰されていった。切腹は十三人、島流しは十七人にのぼった。取り調べの拷問に耐えられず自害した者もいる。

その切腹した者の中に、日置《ひおき》郷を領する日置家出身の、赤山靱負《あかやまゆきえ》もいたのである。物頭《ものがしら》の赤山のところへは、長いこと吉兵衛が経理の手伝いに出向いていた。ここでの報酬は、かなり西郷家を助けていたのである。郷中《ごうちゅう》では二才《にせ》の赤山に、剣の教えを受けたこともある。赤山は吉之助に目をかけ、大層可愛がってくれた。

しかし突然、赤山に切腹の命《めい》が下ったのだ。

「おいは何もやっちょらん。どうしておいが腹を切らなくてはならんとじゃ」

と抵抗していた赤山であったが、最後は諦《あきら》めて家を清め、仏間に新しい畳を敷いた。

赤山は立会人として、弟の久武と吉兵衛を選んだ。

その日、吉之助も身なりを整え、正座して父の帰りを待った。父と一緒に、何度か赤山のところへ行ったことがある。二十七歳という若さの赤山は、吉之助をひと晩中離さず、藩の未来についてもあれこれ語ってくれたものだ。

その赤山が今日、自ら腹を切るという。

吉之助も武士の子として、切腹の大まかな作法を知っている。三方《さんぼう》を前に置き、左から刀を走らせ腹を十文字にかっ切るのである。傍らには〝介錯人《かいしゃくにん》〟という者がおり、本人がこれ以上苦しまぬように首を落としてくれる。この時、首を切られる罪人と区別するため、皮一枚を残すのが、腹を切る者に対する礼儀である。

午後になってから、大層疲れた様子で吉兵衛が帰ってきた。満佐が無言で塩をまく。

吉兵衛は仏間で、息子と二人きりになった。

「こいを見よ」

手にした風呂敷《ふろしき》包みを開けた。血に染まった白い肩衣《かたぎぬ》である。

「介錯人がこられる前に、ちっとばかり時間があってな。そん時に赤山さまがおっしゃったとじゃ。西郷よ、どうかおいの肩衣を形見に持っていってくれんか。おいの無念をわかってくるっとは、西郷しかおらんと言われてな。そん時、弟御の久武さまが、兄上、この期《ご》に及んで見苦しか、と言ったらな、あたり前じゃ、何も悪いこともせんで、死んでいくおいの気持ちがわかってたまるか、義のためには喜んで命も差し出すが、謀《はかりごと》のせいでは、見苦しかのはあたり前じゃとな……」

声が震えている。

「赤山さまは、どんだけ口惜《くや》しかったじゃろうか。あん方はお役目柄、斉彬さまにご報告申し上げただけであったに」

「こげなことが許さるっとですか」

吉之助の大きな目から、どっと涙が噴き出した。

「あん妾《めかけ》のために、藩の大切な方々がこのように亡くなっていくとは」

「これ、声が高い。戯《ざ》れごとを口にしただけで、死を賜った方々もたくさんおらるっとじゃ」

「それでも、構いもはん。あん妾のために若殿はなかなかご当主になれず、あのご立派な赤山さまは亡くなられた。こんな、こんな道理のとおらぬ話がありもんそかい」

おいおいと声をあげて泣き始めた。白い肩衣の血はまだところどころ濡《ぬ》れているようだ。

それは赤山の無念さと、この世への執着をあらわしているようであった。

「おいは絶対に、あん妾を許しもはん」

「これ、声が高いと申したに……」

「父上、おいは情けなか。一国の主《あるじ》たる者が、妾のためにこれほどうつけになるものでございもんそか」

「いや、ことはそれほど単純ではなか。調所さまのこともからんじょっとじゃ」

お由羅騒動が起きる前年、財政改革の立役者で斉興・お由羅派と目されていた調所広郷は、密貿易の罪を公儀に厳しく問われ、責を負って自害した。これを斉彬派からの圧迫と見た斉興が粛清《しゅくせい》に動いたのが、このたびの騒動の発端だというのである。

「そいでも、そいでも……おいは情けのうて情けのうてなりもはん。口惜しくて体が張り裂けそうでございもす。あん妾が、あん妾が……」

握りこぶしで目をぬぐっても、その間から熱いものが流れてくる。

「我慢じゃ」

吉兵衛がぽつんと言う。

「いくら口惜しゅうても、今はどうすることも出来ん。おはんがもしことを起こしたら、いや、起こしたいものだと口にしただけで、たちまち罪に問われるが」

「しかし情けなかァ……藩主ともあろうお方が、たった一人の女のために、大切な家来を死なせるというのは、いったいどげなこっか」

「我慢じゃ」

もう一度言う。

「いいか、わかっちょるな。朋輩衆とももう会うではなか。そいだけで疑われる世の中じゃ。吉之助、用心せい。お前のその熱すぎる性《しょう》が、おいには心配でたまらん」

が、吉之助の怒りを、さらにかき立てることが一ヶ月後に起こった。

「正どん、正どん」

吉之助は必死で戸を叩《たた》いた。

「吉之助じゃ、早く開けてくれ」

正助が姿を現すやいなや、吠《ほ》えるように吉之助は尋ねた。

「大久保先生が遠島を申しつけられたというのは本当か」

「鬼《き》（喜）界《かい》島じゃ」

「鬼界島とは何というこっじゃ」

薩摩は、いくつかの島を支配していた。ほとんどが琉球《りゅうきゅう》から奪ったものだ。奄美《あまみ》大島《おおしま》までは、人や船の出入りもあり、どういうところかは、おぼろげながらも知っていた。

が、鬼界島となると、あまり見当がつかない。かつてあの俊寛《しゅんかん》が流された島と言われている。

平 清盛《たいらのきよもり》の怒りが解けない彼だけが、絶望の中でひとり残されるという話は、能や歌舞伎となって伝承されているのである。

「そげな、鬼界島といったら、岩ばかりで、草も育たぬところというではなかか」

吉之助は正助の肩を揺すった。

「そげなところで、どげんして暮らせというんじゃ」

「先生が、いったいどげなことをしたというんじゃ。先生が」

正助は、吉之助の太い腕にふらふらと揺さぶられるままになっている。

「先生が、いったいどげなことを」

下加治屋町《したかじやまち》の少年たちにとって、正助の父・大久保次右衛門《じえもん》はどれほど大切な人であるか。郷中《ごじゅう》教育で、いつも学問の指南役であった。初めて論語を講義してくれたのも次右衛門であった。そして有馬《ありま》のところで初めて世界地図を見せられて驚く吉之助たちに言ったのだ。

「こいが日本じゃ。そして薩摩はこげんにこまかか。ゴマ粒みたいなのが、おそらく奄美大島じゃろう。他の島はもう小さ過ぎて地図には描けん」

その地図にも描けない小さな島に、次右衛門は流されるというのである。

「許せん、許せん」

吉之助は歯ぎしりをした。きっとあの女を殺す。自分はきっとやってみせる。

四

藩主斉興《なりおき》の御国御前《おくにごぜん》、お由羅《ゆら》を叩《たた》き切ってやるのだと吉之助《きちのすけ》は憤ったが、どうすることも出来ない。お由羅は出府中の斉興に従って、遠い江戸の藩邸にいるのだ。薩摩から江戸までは二ヶ月かかる。そもそも藩の許しなく、武士が薩摩を出ることは不可能であった。

「いっそ脱藩して、江戸に行っか」

「そげんしたら、残された家の者に罪が及ぶのでは……」

夜な夜な大久保《おおくぼ》正助と話し合う。お由羅の一派は執拗《しつよう》に、係累を罰しているのである。全く罪のない者でさえ、兄弟というだけで士籍を剝奪《はくだつ》するほどだ。

実は西郷《さいごう》家では、母の満佐《まさ》が三年前に男の子を産んだ。竜助《りゅうすけ》の時、もう四十近かった母であるが、またしても子どもを孕《はら》んだのである。彦吉《ひこきち》（小兵衛《こへえ》）と名づけられたその子は、可愛い盛りで一家の人気者である。父の吉兵衛《きちべえ》は孫のような彦吉を大層可愛がり、いつも膝《ひざ》の間に入れているほどだ。が、この末弟の誕生によって、吉之助の肩にかかるものはますます重くなっている。先年借りた二百両の金は、石高の変動であっという間に消え、今は吉兵衛と吉之助のわずかな扶持《ふち》が一家を支えているのだ。もし自分がいなくなったら、幼い弟たちはいったいどうなるかと考えると、江戸に行くことなどまるで絵空ごとのように思えてくる。

しかし正助と江戸の地図を拡《ひろ》げ、あれこれ思案することはやめなかった。この江戸の絵地図は、代々郷中《ごうちゅう》に伝わるものである。

「ここが将軍の住まわれる城じゃ」

途方もない大きさである。ここを囲むようにして、一橋《ひとつばし》家、紀州《きしゅう》家、尾張《おわり》家などの親藩御《ご》家門《かもん》大名の江戸屋敷があった。そしてかなり離れた南の地に、外様《とざま》の薩摩高輪《たかなわ》屋敷があり、斉興とお由羅が住んでいる。その上へたどると斉彬《なりあきら》とその家族がいる芝《しば》屋敷だ。この二つの屋敷の間の距離はわずかである。それなのに、この屋敷の主人たちは激しく憎しみ合い、はるか離れた故郷に向け、多くの死罪や遠島を命じているのである。

お由羅騒動は迷信がからみ、奇怪な出来ごとが政争を大きく陰惨なものにしていた。お由羅が修験者《しゅげんじゃ》に頼んで、斉彬とその幼い息子たちを調伏《ちょうぶく》しようとしているという噂《うわさ》が立ったのである。それというのも、その頃斉彬には七人の子どもがいたが、五人までが亡くなっていたのだ。三人の子どもが死んだのは十年以上も前のことであるが、嘉永《かえい》に入ってから、四歳の次男、二歳の四男が次々と亡くなった。これはお由羅が大金を積み、力ある修験者に調伏させているためだという。

西洋の近代的学問に通じる斉彬にもこれは応《こた》えたようで、

「お由羅が京で人形《ひとがた》をつくらせたという証拠がある。この先の行動を調べるように」

という密書を薩摩に送ったほどだ。これに強く反応した腹心たちは、今度は高僧に秘法を頼み、お由羅を呪い殺す計画を立てたのである。薩摩の地には、中世からの呪術《じゅじゅつ》が今も伝わっていた。こうした話はお互いの陣営に乱れ飛び、さらに憎しみに火をつけた。

吉之助もはなからお由羅の悪行を信じた一人である。

「自分の子ども可愛さに、若殿のお命を狙うとは、なんち女じゃ」

しかしこの身にかえても斉彬を守りたい、助けたいと願っても、自分は一介の下級武士である。事件の中枢に近づくことさえ出来ないのである。切腹した赤山《あかやま》が遺《のこ》した血染めの肩衣《かたぎぬ》が、お由羅騒動と吉之助とを繋《つな》ぐ唯一のものだ。

真夜中、この肩衣を前に置き、吉之助はひたすら祈った。修験者のところや神社、寺に行くのではなく、こうしてひとり家で念じる分には咎《とが》められることはない。

「どうか一刻も早く、あん極悪非道の妾《めかけ》がこん世から消え去りますように。そいで若殿が無事に主となられますように」

少年の時ならいざ知らず、出仕してからは高貴な人の名を口に上らせてはいけないことを吉之助は知っている。たとえ心の中でも、「斉彬さま」ではなく、「若殿」でなくてはいけないのだ。しかしこっそりと吉之助はつぶやく。

「斉彬さまが……」

「斉彬さまを……」

すると怒りから発した祈りは、やがて賛美となり、それを唱える吉之助に甘美をもたらすのである。

まるで冒険譚《たん》のように、あるいは神話のように勇者が現れた。

斉彬派はすべて粛清《しゅくせい》されたはずなのに、井上経徳《いのうえつねのり》、木村時澄《きむらときすみ》らが牢《ろう》を破り、福岡藩に脱藩したのである。木村は御小姓与《おこしょうぐみ》無役で、井上は諏訪《すわ》神社の神職である。彼らは福岡藩主に訴えた。

今、薩摩の国で信じられないような悪政が行なわれている、と。

福岡藩主黒田斉溥《くろだなりひろ》は、斉彬をこよなく愛したあの曾祖父《そうそふ》重豪《しげひで》の息子である。斉彬にとっては大叔父《おおおじ》にあたる。といっても斉彬より二歳年少のこの藩主は、父の血をひいてまことに豪胆であった。薩摩からの二人の引き渡し要求に頑として応じず、宇和島《うわじま》藩主伊達宗城《だてむねなり》にすべてを託した。斉彬の親友である彼は、親書を持って老中阿部正弘《あべまさひろ》のところへ駆けつける。ここまでくれば安心だ。阿部は斉彬を高く買っていたし、いつまでも藩主の座にしがみつく斉興を苦々しく思っていたのである。

阿部は深い思慮の持ち主だ。両者うまくことをおさめるには、斉興の隠居しかないと考えた。やがて将軍から茶器朱衣《あけのころも》肩衝《かたつき》が届けられる。今までよくやったという褒美でありかつ隠退勧告である。が、この六十歳の老人は粘りに粘った。延期を嘆願したばかりでなく、自分を隠居させないようにという陳情書を琉球《りゅうきゅう》から提出させたのである。

どうしても従三位《じゅさんみ》が欲しかったのだ。阿部は苦笑いして、京に証明の書状を出してくれるように依頼した。隠居後も従三位が貰《もら》えることを伝えてくれと言ったのだ。この頃はまだ、禁裏も老中の言うことは二つ返事で聞いてくれたのである。

嘉永四年（一八五一）一月二十五日、京都からの飛脚が届いた。四日後、斉興はしぶしぶと、本当に嫌々ながら隠居願いを出した。これによって丸一年にわたる、血なまぐさいお由羅騒動はひとまずは収束に向かったのである。

翌月二月二日、斉彬が十一代薩摩藩主に就任した。若々しい藩主の誕生と言いたいところであるが、斉彬はもはや四十三歳である。しかしそれまでに、多くの人脈をつくり、中央でも重用される存在になっていた。

斉彬襲封の知らせはすぐに薩摩に届いた。

「ありがたか、ありがたか！」

吉之助は天を仰いで、こぶしを震わせた。

「こげん嬉《うれ》しかこつはなか。日本一のあんお方がおいたちの殿にならるっとじゃ」

大声を上げても上げても、喜びを表すには足りなかった。吉之助は歓喜のあまり跪《ひざまず》いて地面を叩き、最後はごろごろところげまわった。

「日本一の斉彬さまが、ついにおいたちの殿にならるっとじゃー！」

三月に斉彬は江戸を発《た》ち、藩主として初めて薩摩へお国入りした。

まずは薩摩各地を巡視し、いくつかの灌漑《かんがい》事業を計画した。藩士教育を徹底させ、留学生を長崎に送った。その年の暮れには、洋式帆船の建造も始めた。琉球にやってくる異国船対策のためと幕府に申し出れば、薩摩は軍艦をも造れることをこの有能な新藩主は知っていたのである。斉彬は英語にも通じ、オランダ語は、書くことと読むことが出来た。人に見られたくない書類はローマ字で書いたくらいである。

そしていよいよ斉彬は壮大な事業計画にとりかかる。佐賀藩より翻訳書を譲り受け、鋳鉄のための反射炉を建設するのである。これがのちの集成館《しゅうせいかん》の始まりとなった。

しかし吉之助は、輝かしい新藩主からはるかに遠いところにいる。貧しい一人の下級武士として、黙々と任務に励んでいた。上下の区別が厳しい薩摩藩において、吉之助のような下の者だと、まず一生藩主の顔を見ることはあるまいと思われた。

二十五歳の吉之助は、十八歳の時に就いた郡方書役助《こおりかたかきやくたすけ》という役目を今も続けている。これは稲の出来を見て、年貢を払えるかどうかを調査するのが仕事のひとつである。夏は苗の育ち具合を、秋は穂の実りを注意深く見る。それだけではない。春は籾《もみ》が足りているか、百姓が冬を越せるかどうかを心配するのも仕事だ。

吉之助は一日も休まず、弁当包みを腰に巻いててくてくと歩いた。冬でも温暖な薩摩は、その分夏の陽射しが痛いほどきつい。それでも吉之助はどこまでも歩く。城下だけでなく、泊まりがけで日向《ひゅうが》、大隅《おおすみ》まで足を延ばすこともあった。

先々で吉之助は気さくに弁当をつかわせてもらう。農家の縁側に座り、持ってきた包みをひろげる。麦と芋だらけの大きな握り飯は、妹の琴《こと》が握ってくれたものだ。夏の盛りに持ち歩くと、かなりの確率で饐《す》えたにおいがする。

「あれ、おさむらいさん、こりゃあ食べられもはんど」

「よかよか、腹に入れてしまえばどうってこともなか。おいは丈夫に出来ちょっで、今まで食いもんにあたったことはなか」

百姓は笑いながら白湯《さゆ》を運んでくる。漬け物を出してくれるような家はだいぶよい方で、見ていると、ほとんどの家は、蕎麦《そば》、粟《あわ》にサツマイモが常食だ。

「おはんらは、麦も食べんとか」

「麦はたまにしかおいたちの口には入りもはん」

もともと火山地帯の薩摩は米が穫《と》れない。川の付近や扇状地などで、少しずつ収穫が上がっているというものの、米どころの他藩とは比べものにならないほどだ。藩財政の大改革を行なった調所広郷《ずしよひろさと》は、凶作時も年貢を減らさず、豊作凶作を問わず同じ年貢を課す定免《じようめん》制を強化していた。

が、これは百姓をじわじわと苦しめることとなった。豊作とて蓄《たくわ》えるところまではいくはずがない。凶作なら何をかいわんやだ。麦や芋を育てても、それを年貢にするのが現状であった。

「おさむらいさあ、太かなー」

寄ってくる子どもはたいてい痩《や》せている。だから大男の吉之助が珍しくてたまらないのだ。

「おさむらいさあ、どげんしたらこげん太ないやっとな?」

「米を腹いっぱい食べちょっからじゃ、と言いたかところじゃがそいはなか。おいもおはんらと同じぐらい貧乏じゃでな、麦をくえたらよい方でたいていは芋じゃ。芋をくっちょったらこげん太なっこっけん」

「芋でこんなに太いやっとね。腹も樽《たる》のようじゃ」

「じゃ、樽じゃ、樽じゃ。西郷《せご》どんの樽じゃ」

子どもたちが懐《なつ》いて、吉之助の肩や腹をぴしゃぴしゃ叩くと、親たちもいつしか吉之助に心を許すようになった。「西郷さあ」と名前も憶《おぼ》えてくれた。

「西郷さあ、今年は雨が多くて実をつけとらん穂も多うございもした。そいなのに昨年と同じ年貢とはどげんこっでございもすか。おいたちはもう首をくくるしかあいもはん」

吉之助は黙って百姓たちの話に耳を傾ける。大男の彼が背を丸めて話に聞き入るさまは、それだけで人の胸をうった。

「おいは下っ端で何も出来ん」

吉之助は正直に言う。

「ここの村の役人に話してみよう。おはんらがこげん苦しか暮らしをしちょっとわかれば、役人らもきっと何とかしてくるっじゃろ」

そしてそのまま村役人のところへ向かい、年貢を減らしてくれるように根気強く頼むのである。すると役人たちは吉之助の体の大きさと迫力に負け、しぶしぶとほんのわずか手かげんしてやることを約束するのだ。

「が、そげなことを続けても埒《らち》があかん。こん国の百姓は、今までもこん先もずっと食うや食わずのままじゃ」

と言うのは郡奉行の迫田太次右衛門《さこたたじえもん》であった。郡方という仕事は、やり方によっては旨《うま》みがある。豪農の側に立てば、ひき替えに何がしかのものももらえる。しかし迫田はそうしたことを徹底的に拒否した。暮らしぶりは、清貧というよりも悲惨であった。屋根も半分朽ち果てた、あばら家に住んでいる。雨の日に吉之助が訪ねていくと、雨漏りがひどい部屋に迫田が傘をさして座っていた。

それは斉彬が就封する一年前のことであった。

「いや、おいはもう決めたとじゃ。吉之助、おはんはまだ若か。ほいでおはんはおいと同じように賄賂《わいろ》をちっとももろちょらん。どうかこん先も、弱か百姓を守ってくれ。頼んだど」

こう言って迫田は辞職したのである。

尊敬する上役に去られ、吉之助はしばらく失意の日が続いた。

「いったいおいに何が出来《でく》っとかい」

日課の座禅の隙にもつい考え込んでしまい、ぴしゃりと肩を警策《きょうさく》で叩かれる。

斉彬が藩主となったその年は、長い長い雨が続き、それは収穫時に災いした。どこでも百姓たちの怨嗟《えんさ》の声が聞こえてくる。

「西郷さあ、どげんこっじゃろかい。こげな不作でどげんしてこげな年貢の高さな」

「西郷さあ、こん田んぼ、見てくいやい。ほれ、こん稲も。半分も実をつけておいもはん」

そのたびに吉之助は彼らを宥《なだ》め、もう少し待ってくれと説く。

「おはんらも知っちょっじゃろうが、今度のお殿さまはまれにみる立派なお方じゃ。おはんらの声はきっとお聞きくださっはずじゃ」

それは自分に言い聞かせる言葉でもあった。

秋の収穫を見届けるためあちこちをまわり、その夜は瀬戸《せと》村の弥吉《やきち》の家に泊まった。吉之助はこういう時、決して豊かな庄屋《しょうや》の屋敷に泊まったりしない。饗応《きょうおう》を求めるようなさもしい真似《まね》はしたくなかったからだ。

だが、さむらいに宿を乞われて喜ぶ百姓はいなかった。

「知ってのとおり、米もなかし、ご覧のように布団の一枚もありもはん」

「よか、よか。飯はもう済ませた。そこの軒先をちょっと貸しっくれんか」

土間に莫蓙《ござ》を敷きすぐに横になった。ほころびが目立つよれよれの袴《はかま》であるが、寝る時は脱いで畳んでおく。これは村廻《めぐ》りに出る時、母の満佐に約束させられたことである。

いつもは横になるやいなや、すぐに鼾《いびき》をかく吉之助であるが、その日に限って寝つかれなかった。

男のすすり泣く声がするのである。起き上がってあたりを見渡す。土間は馬小屋に続いていて、そこに一頭の馬がいた。栗毛《くりげ》のみすぼらしい馬だ。その鼻づらに弥吉が顔を寄せ、静かに泣いているのである。それが月明かりの中、はっきり見てとれた。

「おはん、どげんしたとじゃ」

近づいていくと、

「こいはみっともなかところをお見せしもした」

弥吉は相当の年に見えるが、皺《しわ》が多いだけで案外若いのかもしれない。

「こいを明日の朝、売りに出すっとでごわす」

「こげな痩せた馬、いくらにもならんとに」

「そいでもいくらかの足しにないもす。うちで売れるのは、今、こん馬だけでごわす」

馬は首を弥吉の手にすりつけて甘えてみせた。

「こいは朝日《あさひ》と申しもす。えらか名前でごわすが、子どもがつけもした。子馬の時から一緒に育ちもしたから、子どもがこんことを知ったらどいほど泣くかと思いもす」

無類の動物好きである吉之助には、馬と別れることがどれほどつらいかよくわかるのである。

「西郷さあ。こん朝日は、こげん痩せておりもすが、よう働いてくれもした。犂《すき》をひく時も、荷車をひくのも力いっぱいやってくれもしてなァ。おいたちは朝日、朝日と可愛がっておりもしたが、売られた先ではどげんなりますやら。もしかすると、つぶされて肉にされるかと思うと、不憫《ふびん》で不憫で……」

隣国の肥後《ひご》では、馬肉は精がつくと珍重されるのである。

「こいから子どもが目を覚まさんうちに、畑の方までひいていこうち思っておりもして」

「待っちゃい」

吉之助は見られないように、目頭の涙をあわてて拭《ふ》いた。巾着《きんちゃく》を取り出す。

「こいがおいの今持っちょっありったけの銭じゃ。うちに帰るだけだからもう銭は必要なか。どうかおさめっくれ」

「西郷さあ、そいは出来もはん」

弥吉は怯《おび》えたように後ずさりする。

「なんち、見てのとおりたいした額ではなか。そいでもこん痩せ馬一頭分ぐらいにはなっじゃ」

「そいはもう……」

「子どもが泣きもす。どうか馬を売らないでくいやんせ」

吉之助はその日、家に帰り机に向かった。そして熱にうかされたように、文章をしたためた。どうしてこのことに早く気づかなかったのだろう。斉彬は藩主の座に就くにあたって、各方面に向けて意見を申し出よと通達しているのだ。もっとこの藩のことを知りたい、どうか話してくれと言っている。吉之助は夜を徹して意見書を書いた。斉彬へ向けて、封書の表に「上表」と記した。咎《とが》められるだろうか。いや、そんなことは絶対にない。確信がある。

吉之助は意見書の中に、さまざまな思いを込めた。

米を一度も食べたことがないという子どもたち。愛馬を売らなくてはならず、夜中にすすり泣く百姓。それはすべてこれから斉彬の「子ども」となる領民なのである。どうかそのことをわかってほしい。

その後三年間にわたり、吉之助は何通かの長い意見書を書いた。それは唯一、彼と斉彬とを繋ぐものであった。

　吉之助の意見書が届いているかどうかはわからないが、斉彬は農政に関してもさまざまな改革を試みた。米価を安定させるために、藩費で安い時に買い入れる常平倉を設置した。そして取扱い役人や米商人たちの心得を説いたのである。「勧農」という言葉を掲げ、斉彬が藩をあげての増産体制を命じたと聞いた時、吉之助はどれほど嬉しかったことであろうか。

　彼はいつしか信じるようになった。自分が定期的に差し出す意見書に、斉彬がきっと目を通してくれているに違いないと。今やひと月に一度、意見書を書くことは吉之助の喜びとなった。姿勢を正し墨をすり、そして筆に含ませる。事実教養にとみ、漢籍に明るい彼の意見書は、達筆で文章力にもすぐれていたのである。さまざまな思いと憧《あこが》れが籠《こ》もったこの意見書は、ある意味恋文のようなものだったのかもしれない。

　こうして吉之助は二十六歳になった。少年の頃、

「まるで吸い込まれそうじゃ」

と人々に言わせた大きな黒い目は、やや憂《うれ》いを持つようになった。寡黙な分、その目ですべてを語る。自分では睨《にら》んでいるつもりはないのだが、

「大男でぎょろ目の西郷《せご》どん」

といえばあたりで知らない者はいない。

　彼の役所での評判は高くなるばかりで、

「ひょっとすると藩きっての傑物《けつぶつ》になるかもしれんど」

という声もあがるようになった。こんな時、吉之助に縁談が持ち上がった。相手は同じ町内の伊集院《いじゆういん》家の娘だという。

「そいならば兼寛《かねひろ》どんの……」

弟の兼寛とは郷中仲間である。

須賀《すが》は兼寛より六つ年上で、今年二十一になるという。

「おとなしくて賢うて、よう出来た娘だというこっじゃ」

父の吉兵衛は言った。

「おはんももうよか年じゃ。嫁をもろうて早過ぎることはなか。それともおはん、女より男が好きか」

「おいに稚児《ちご》趣味はあいもはん」

吉之助はむっとして答えた。

「そいならよか。こん嫁取りはぜひしっくれ」

「じゃっどん父上。こんな貧乏なうちに来てくれっ娘がおっじゃろか。おまけに小さな弟妹がたくさんおいもす」

「先方はそいでもよかと言っている。いくら貧乏でも、弟妹が多くても構わんそうじゃ」

「なんかおかしか……」

吉之助は首をかしげた。西郷家が困窮していることは近所でも有名であったし、しかも寝ついている祖父に、まるで吉之助の子どものような年齢の末弟もいるのだ。

「ないを思って、うちに嫁に来なくてはならんとじゃろかい。こんおいが美男子だとか好男子なら話は別じゃが……」

「痘痕《あばた》じゃ」

「はっ」

「そげん目立つもんではなかが、両の頬《ほお》に残っちょっというこっじゃ」

「そいならますますもらえもはん」

天然痘の痕《あと》が残った女は、もはや傷もののように扱われる。そのために意に染まぬ結婚をさせられる女を憐《あわ》れだと思った。

「が、娘も納得しちょっち。そいにな」

吉兵衛は腕組みをした。話すか話すまいか悩んでいる様子だ。

「おはんはこんところ、ご公務で外に出っぱなしじゃって、満佐の体の悪くなっちょっことに気づいてなかじゃろ。どうやらじいさまの死病をもろうたらしい」

「母上がですか」

八年ほど前から、嫌な咳《せき》をするようになった祖父は、用心して土間に寝ているが、満佐までが同じ病にかかったというのだ。

「母上がご病気と。そいはまことでございもすか」

「じゃ。このあいだも血を吐いてな。じいさまと同じじゃ。そん後満佐は、おいに言ったとじゃ。吉之助に一刻も早く嫁を貰ってほしか。そうでなかったら、こん家はどげんなったろか。彦吉は誰が育ててくれましょうかと」

吉之助はうつむいた。母の具合がそれほど悪いということが衝撃であった。だるそうにはしていたが、血を吐くほどまでになっていようとは考えたこともなかった。

「そいにお琴のこともあっ」

「お琴でございもすか」

吉之助のすぐ下の妹である。家のためにまだ嫁ぐことがかなわず、今年二十二歳になる。

「お琴にも縁談があって、こいは幼なじみの相思相愛ゆえに、おいもなんとかかなえてやりたか」

しかし琴は、兄が嫁を貰うまではこの家を出ることが出来ない。自分がいなくなったら、幼い弟のめんどうは誰がみるのだと案じているというのだ。

「そいならば、その、須賀さあがうちに来てくれれば、お琴も嫁にいけるということですね」

「そうじゃ。そげなことになっ」

「そいでは、そん須賀さあが気の毒にごわす。西郷の家の都合で、急いで嫁にくるようなものではあいもはんか」

「じゃっどん、伊集院の家には伊集院の家の都合がある……」

そう言って父は自分の頬を、軽く指で叩いた。娘に痘痕があることを言っているらしい。

「おいはそいほど悪か話ではなかと思っちょっ。吉之助、おはんは惚《ほ》れたはれたで嫁を貰うような男ではなかどな。だったらこん父の言うことを聞っくれ」

婚礼当日に、吉之助は初めて妻になる女の顔を見た。うっすら化粧をしていたが、やはり鼻の両脇に小さなくぼみが幾つもあった。

婚礼といっても、西郷の家の座敷で盃《さかずき》ごとをしただけである。母の満佐は晴れ着もなくいつもの木綿ものであるが、髪は綺麗《きれい》に結っていた。末っ子の彦吉が背中にまわって甘えてくるのを手で制している。

「さあ、あっちへいかんかね」

「いやじゃ。おいはお嫁さんを見に来たとじゃ」

「お嫁さんは明日から、ずっとここにいなさっとじゃ。じゃっておはんはずっと見られっとよ」

それはここにいる人すべてに言い聞かせるかのようであった。

夜が更け、満佐は須賀に夫婦《めおと》の布団を敷かせた。それは彼女が持ってきた、数少ない嫁入り道具であった。新しい夫婦布団である。

「明日は夜が明けたら、私と一緒に、畑にも行ってもらいもんそ」

「はい、わかいもした」

その後、須賀は両手をつき姑《しゅうとめ》になる女に深く頭を下げた。

「お母さま、どうかよろしうお願いいたしもす」

「須賀さあ」

満佐は呼びかけた。ぞっとするほど冷たく強い声であった。

「おはんはこんうちのことを、一刻も早く覚えてくいやんせ。もう時間がなかかもしれんでな」

「はい……」

意味がわからないまま、花嫁は頷《うなず》いた。

「そいではおやすみなさい」

満佐が襖《ふすま》を閉め、吉之助と須賀は二人残された。向こうの部屋で彦吉の声がする。

「お嫁さんはこけ泊まっとか？　ずっと泊まっとか？」

嫁を貰うというのは、これほど気ぜわしいものなのだろうかと吉之助は思う。家族の声があちこちでするこの家で、さっき会ったばかりの女にどうして接することが出来るだろうか。

須賀は吉之助の脱いだ袴を畳んでいる。その細い肩をいじらしいと思うものの、欲望はまるで感じなかった。須賀は突然ここに現れた見知らぬ女、という思いはさらに深くなるばかりである。

やがて畳み終わった須賀は、新しい布団の傍で正座している。今この女を慰めるものは、愛撫《あいぶ》ではなく休息であろうと吉之助は判断する。

「もう休んでよか」

彼は言った。

「さぞかし疲れたじゃろう。明日も早か。もう休もう」

「はい」

須賀は安堵《あんど》したように言った。その夜、吉之助が眠れなかったのは、隣に妻がいたからではない。真新しい布団の重みと感触が気になって仕方なかったからだ。

そして次の日も、また次の日も、吉之助は須賀の体に触れることはなかった。本来ならばそんなことは許されることではなく、満佐も気づいたはずであるが、母は吉之助の婚礼の後、しばらくして寝ついてしまった。その前に、長らく病んでいた祖父の龍右衛門《りゅうえもん》が亡くなった。七月のことであった。

「じいさまがこいほどあっけなく逝くとは」

と嘆いていた父も、二ヶ月後に息をひき取った。父こそが祖父の病にかかっていたと知った時には遅かった。

「こげなったら、墓に人形《ひとがた》を埋めなくてはいけもはん」

満佐が床の中で言い、吉之助はお由羅の件を思い出してぞっとした。

「一年のうちに、死人を二人出したうちは、墓に人形を埋めなければ。墓は二人入ったら、必ず三人めを欲しがるもんじゃでなあ」

迷信であろう、と人形を手に入れることもしないうち、満佐は十一月に亡くなった。吉之助は悲しいというよりも茫然《ぼうぜん》としてしまった。誰かに呪われているとしか思えないほどだ。一年のうちに、祖父、父、母を失ったのである。そればかりか、父は大きな借金を残し、母は六歳の幼子《おさなご》を遺した。

「おいはいったいどげんすればよかとじゃ……」

膝を崩しへなへなと座り込む吉之助の傍に、須賀は無表情で立っている。夫に慰めの言葉もなかった。いや、まだ夫とはいえないかもしれない。あわただしさの中、吉之助と須賀はまだ他人のままである。

彼女の嫁入り道具であった夫婦《めおと》布団はとうにない。三人の葬式の費用に消えてしまったからだ。死んだ母の布団に二人くるまって眠る。肌を触れ合わせて若い女と寝ている。しかし吉之助はそれ以上のことはしない。

こんなみじめさの中で、自分にはいつか崇高な場所が待っていると思えるのはなぜだろうか。もしこの女に触れてしまえば、永久にそこに行けないような気がするのだ。

背を向けて眠っているはずの須賀が泣いているのに気づいた。かすかにすすり泣く声。が、吉之助はそれに耐える。わけがわからぬ力によって耐える。

吉之助がこの世でいちばん愛する男は、まだまだ遠いところにいた。

五

嘉永《かえい》五年（一八五二）のことを思い出すたび、吉之助《きちのすけ》は、

「なぜあのような試練を、天はお与えになったとか」

と瞑想《めいそう》せずにはいられない。

七月に祖父が亡くなり、九月に父が逝った。そして何よりも激しい衝撃を受けたのは母満《ま》佐《さ》の死であった。十一月二十九日のことである。

「うかつなことじゃった……」

息をひき取る二日前に、母はこうつぶやいた。

「まさか、私までこのように早く死ぬことになるとは……。後始末が何も出来てはおりもはんどなあ」

母は五年前に末っ子彦吉《ひこきち》を産んだばかりである。恥かきっ子と言われる、四十過ぎてからの出産である。

「困ったこっじゃ……。本当にどげしたらよかじゃろう……」

「母上、それほどお困りなら、死んではないもはん。また元気になられればよかではなかですか」

妹の鷹《たか》が必死で声をかけるが、誰の目にも満佐の死相はあきらかであった。

もはやいっときの誤魔化しは無用だと、吉之助は決心する。

「母上、彦吉のことは心配なさらずともよか。おいがきっと立派に育ててみせもんそ。お琴《こと》はもう嫁にまいりもした。きょうだいたちは、おいが父となり、母となって養育いたしもんで、どうぞご安心くださいもんせ」

すると母の唇が動き、かすかに微笑《ほほえ》んだ。

「ぐずウドさあが何を言うのやら……」

それは幼い頃の吉之助のあだ名であった。寡黙なうえに動作がのっそりしているので、大きな体という土地の言葉に、〝ぐず〟がつけられることがあったのだ。吉之助の子ども時代を母は思い出したのであろう。そしてそれは満佐の最期の言葉となった。何度か唇を動かしたものの、それはもう意味をなさなかったからだ。

こうして吉之助のもとには、吉二郎《きちじろう》（金次郎《きんじろう》）、竜助《りゅうすけ》、彦吉という三人の弟と、琴、鷹、安《やす》という三人の妹が残された。長弟の吉二郎は、既に勘定所支配方書役《かきやく》に就いて禄《ろく》を貰《もら》っていたし、琴は嫁いでいる。しかし下のきょうだいたちはまだ子どものうえに、高齢の祖母もいる。母の、

「うかつなことじゃった……」

という言葉は、吉之助の心に重くのしかかるのであった。

そんな中、郷中《ごうちゆう》での仲間である有村俊斎《ありむらしゆんさい》（海江田信義《かえだのぶよし》）、樺山三円《かばやまさんえん》、大山正円《おおやましようえん》（綱良《つなよし》）が旅立った。江戸《えど》詰めを仰せつかったためである。江戸には幾つかの薩摩屋敷があり、彼らはそこに常駐し、さまざまな任務にあたるのである。

他の仲間たちと、鶴丸《つるまる》城近くの西田橋《にしだばし》御門まで見送りに行った。ここの番所で、旅人はあらためられ通行を許されるのである。といっても、他国の者の通行が極めて少ない薩摩では、その朝通るのはこの三人だけだ。選ばれて江戸へ行くさむらいを、番所の役人も丁重に扱う。新しい羽織袴《はおりはかま》に身をつつんだ三人は、いちように緊張したおももちであるが、晴れがましさは隠せない。友人たちの見送りの声に、照れくさそうに頷《うなず》いた。

「有村さあ、江戸で酒を飲み過ぎんようになあ」

「文もたまにはくいやんせ」

吉之助は彼らの姿が見えなくなった後も、しばらくそこに佇《たたず》んでいた。嫉妬《しつと》というものは、吉之助の育った世界では、いちばん醜く悪い感情だと教えられていた。

「儒は、博《ひろ》く学んで窮《きわ》まらず、篤《あつ》く行ないて倦《う》まず。幽居するも淫《みだ》れず、上通するも困《くる》しまず」

これは郷中で最初に音読させられる『礼記《らいき》』の一節である。世に出られなくても失望することなく、出世したとしてもそれに溺《おぼ》れてはならない……。

だが、彼らの旅立ちを素直に喜び、喪中にもかかわらずここまで来たのは、この教えのためではない。彼らに対してほとんど羨望《せんぼう》の気持ちを持たないのは、斉彬《なりあきら》がこの地にいるからだ。新しい藩主は参勤交代のため今は江戸にいるが、またすぐ薩摩に帰り、さまざまな改革を行なうはずである。その息吹は下級武士のひとりひとりにまで感じることが出来る。

「もしお殿さまが江戸にずっとお住まいであったら、おいはこれほど穏やかな気持ちで、友を送ることが出来るじゃろかい」

否《いな》という声がした。もしそうであったら、自分は今のこの不幸に押し潰《つぶ》され、意固地な気持ちになったのではあるまいか。

「おいはまだ修行が足らん」

吉之助は自分を叱りつける。

「友の栄達を喜べず、おいはついていないと思うような、情けなか人間になり下がっとところじゃった」

次の日から、座禅も心を込めて行なうようになった。そしてお勤めにも精を出す。田んぼをめぐり、稲の生育状況を見ては百姓の声に耳を傾ける。相変わらず斉彬に、意見書を送った。

やがて年が明けた。

嘉永六年（一八五三）というこの年は、薩摩にとって大きな出来ごとが幾つも起こった。

薩摩に戻った斉彬は、かねて養女にしていた、今和泉《いまいずみ》家の当主の娘於一《おいち》を、将軍世子《せいし》家定《いえさだ》に嫁がせるべく江戸へ送り出したのである。斉彬には四人の姫がいたが、二人は夭逝《ようせい》し、残りの二人は一歳と二歳であった。それで斉彬は、これぞという娘を、一族の中から選んだのである。

もともと徳川家と島津家の関係は深い。徳川家は昔からこの外様《とざま》の大名と、嫁のやりとりをしていたのである。八代将軍吉宗《よしむね》の養女は島津家へ嫁ぎ、斉彬の曾祖父《そうそふ》重豪《しげひで》の三女、茂姫《しげひめ》は一橋《ひとつばし》家に嫁いだが、夫はやがて十一代将軍家斉《いえなり》となった。

茂姫は、家斉が側室との間に次々と生《な》した子どもたちの母親役を務めたばかりでなく、五十年にわたる御台所《みだいどころ》生活を見事にやりとげた。

「薩摩の田舎者に何が出来るか」

と意地悪く見守っていた女たちからも、やがて深く慕われるようになったのだ。

大奥の女たちは広大院《こうだいいん》（茂姫）のことを忘れてはいない。家定の最初の妻も、次の妻も早死にしたが、どちらも京都からやってきた公卿《くぎょう》の娘である。

「次は丈夫な薩摩の娘に来てもらいたい」

という声が、家定の母を中心に巻き起こったのである。家定自身も体が弱く、次期将軍の役割を果たせるかと懸念されているほどだ。

篤姫《あつひめ》と名をあらためた於一は、健康そのもので、

「丸々と太っている。なんと十七貫（約六十四キロ）あるそうだ」

と人々は噂《うわさ》している。

が、実子として届け出た娘を御台所《みだいどころ》とすることで、斉彬の地位がさらに固まるのはまちがいなかった。もはや彼は、老中阿部正弘《あべまさひろ》がいちばん頼りにする盟友だ。その活躍ぶりは、いち外様大名の域をはるかに超えている。阿部は、外交問題を十歳年上の斉彬に頼り切ってい

るといってもいい。海洋国である薩摩は、琉球《りゅうきゅう》を治め、昔から他国との往来がある。これは公然の秘密であるが、薩摩の近年の財力は、調所《ずしょ》以来の密貿易によるものだ。

その年の四月にペリィの艦隊が那覇《なは》に入港した。斉彬はこの艦隊が、この後関東に向かうのを予想している。そして反射炉、溶鉱炉に続いて大砲船建造に着手したのである。重豪以来、薩摩には長崎においてオランダからの情報を入手する担当者がいた。最新の情報を持つ斉彬は、海防建言書を差し出す。こうした彼を幕府が放っておくわけがない。斉彬と薩摩は、もはやこの国の中枢にいる。そのことは家臣たちの人脈にも表れている。

やがて吉之助のもとに、樺山からの手紙が届く。それは興奮と喜びに満ちていた。

「江戸はやはりすごかところじゃ。一流の人々がおっ。おいは最近水戸《みと》さまのところに出入りを許されちょっじゃが、そこで藤田東湖《ふじたとうこ》先生におめにかかることが出来た。あの先生の素晴らしさといったら、たとえようがなか。話をしちょっと、おいの浅学非才さが身に沁《し》みるが、そいが嫌な感じではなく心地よか。大人物というのは、あのような方を言うとじゃろうな」

躍るような心のうちが綴《つづ》られている。そして、

「江戸はやはりすごかところじゃ」

という思いが紙面から浮かび上がってくる。確かにそうなのだろう。

友の活躍が眩《まぶ》しかった。吉之助は思う。江戸や大坂《おおさか》を見るさむらいもいる。が、国許《くにもと》を出ることなく、一生を終えるさむらいがほとんどだ。しかしそれも立派に主君に仕えるということなのである。ましてや自分のように、たくさんの家族を抱えている者は、この土地にし

がみつき、一粒でも多くの石高を得ることに汲々《きゆうきゆう》とすることであろう。それも天から決められた人生である。

しかし、そう言い切る時、やはり自分の中に哀しいものが過《よぎ》っていくのを吉之助は感じるのである。


新しい年が明けた。

家長として、吉之助は家族をひき連れ高台にのぼり、初日の出を拝んだ。御岳《みたけ》から上がる太陽は、橙色《だいだいいろ》の強い光をはなちながら、徐々に姿を現していく。

「有難いことじゃ」

さらに深く頭《こうべ》を垂れた。

「お殿さまがこん薩摩におられるっで、今年は日の出も一段と力強か」

眺めると、仙巌園《せんがんえん》の隣に、工事中の建物が見える。斉彬はここに、反射炉、溶鉱炉、硝子《ガラス》の製造所などさまざまな工場を建設中なのだ。

「じゃどん、兄上、今年お殿さまは江戸に向かわるっとではあいもはんか」

吉二郎も同じ場所を眺めている。

「江戸にいらっしゃれば、またしばらくはお帰りにはなれますまい。あれらの工事はこのまうまくいきもんそか」

斉彬は藩主の座に就いてから、参勤交代で一年おきに江戸と薩摩を行き来している。

どこの藩も財政困難なため、大名行列は縮小されるばかりだ。質素倹約を掲げている新藩主の行列は、おそらく曾祖父や祖父や父のものとは違うはずである。最近は江戸に入る時のためだけの中間《ちゅうげん》なども、日当で雇える。

しかしそうはいっても、薩摩藩主の参勤交代である。この数年、雄藩としての格も上がり存在感も増している。おそらく藩からは、選《え》りすぐりのさむらい数百人が、供としてついていくことになるはずだ。

自分とは離れた場所で、また大きなものが動き出している。吉之助は一抹のさみしさをふりはらうように弟を諭した。

「我々が案じることは何もなか。お殿さまはあのようなお方じゃ。お留守の間のことは、すべてうまくおとりはからいになっていらっしゃるとじゃろう」

さあ、帰ろうと一同に声をかけた。

「去年の正月は本当につらかことばかりで、おはんらもどれほど悲しか思いをしたことじゃろう。たいしたことは何も出来もはんが、皆で正月の膳《ぜん》を囲んど」

「兄上、あとで凧揚《たこあ》げに連れていってくれもはんか」

末っ子の彦吉がねだる。

「ああ、凧揚げなり、コマまわしなり、何でもやっど。今日は正月じゃ」

妻の須賀《すが》と目が合った。晴れ着でないのはもとより、昨年と同じ木綿の縞《しま》ものを着ている。

吉之助と夫婦の交わりがないまま、三人を看取《みと》ってくれた妻である。この女が何を考えているのか、吉之助には全くわからない。恨みがましい目でもしてくれれば、まだ声をかけることも出来ると思うのであるが、須賀はいつも静かで穏やかな表情をしている。

自分にいちばん近い人間を、これほど不幸にしていることに吉之助は耐えられなかった。他の人間、たとえば弟妹、同輩たち、村歩きで会う百姓たち、彼らを幸福にしたいといつも願っている自分ではないか。それなのに、この女に何をしてやったらいいのか、皆目見当がつかないのである。いや、見当がつかない、というのは嘘だ。夜、同じ褥《しとね》の中に誘い、抱いてやればいいのだろうが、そんな誤魔化しはしたくないと、吉之助は激しく首を振る。これだけの貧困を味わわせ、三人の病人の世話までさせた。その褒賞として、ひとかけらの愛情を投げ与えるようなことを、どうして出来るだろうか。

須賀に対するあまりにも強いひけめのために、吉之助はなすすべがないのである。

「きっと」

吉之助は腹の底から大きな声を出した。

「きっと、今年こそよかことがあっじゃろ。そいを信じっとじゃ」

幼い彦吉さえも頷く横で、須賀は曖昧《あいまい》な微笑みを浮かべている。

が、吉之助が口にした吉兆は本当であった。その日の午後、吉之助に中御小姓《ちゅうおこしょう》として江戸詰めの命《めい》が下ったのである。今度の行列に加わるのだ。

「本当でごわすか！」

上役の衿《えり》がみにつかみかからんばかりの勢いで尋ねた。

「おいが、おいが、本当にお殿さまのお供をして江戸に行くっとでございもすか！」

正月の膳は、思いもよらぬ吉之助の祝いの膳となった。まず長弟の吉二郎が、きちんと手をつき、兄の幸運を寿《ことほ》いだ。

「こいは大抜擢《だいばってき》というものでございもす。兄上の日頃のご精勤が認められたとでございもんそ。我らにとってもこのうえない喜び。お留守の間のことはどうかご心配なさらず、ご存分にお働きくださいもんせ。私が全力でこん家を守りもんで」

十二歳の竜助まであらたまった様子で、

「今まで以上に畑仕事をいたしもす。そして彦吉のめんどうもみもす、どうか兄上、ご安心くださいもんせ」

弟二人の決意を聞くと、吉之助も胸にこみ上げてくるものがあった。

「うむ。祖父《じい》さま、父上、母上がいっきに亡くなった今は、おはんらだけが頼りじゃ。どうか留守をしっかり守ってくいやんせ」

「ああ、旦那《だんな》さまがもう少し長生きしちょったらなあ」

突然声をあげたのは、下座に座っていたこの家の二人だけいる使用人の一人、水田《みずた》権兵衛《ごんべえ》だ。父の代から仕える六十過ぎの老僕である。

「旦那さまや奥さまがおいやったら、こんたびの江戸行きをどれほど喜ばれたことじゃろかい。吉之助さまのことを、いつもご自慢にされていらっしゃいもした」

こぶしで涙を拭《ぬぐ》う。

「そげん言うな、権兵衛。父上、母上がもう少し長生きしておられたならと、おいも思わんわけでもなか。じゃっどんお二人の亡くなるのが、おいの江戸にいる時だったらと思うとぞっとすっ。あれほど矢継ぎ早に亡くなられたのも、おいが薩摩にいる間と、どこかで見定めていらしたのかもしれもはん」

「そうかもしれもはんなあ……」

権兵衛はしばらくしんみりと黙っていたが、この男の癖で、また声をあげた。

「吉之助さま、それにしてもあまりにも早いご出発ではありもはんか。なんと今月の二十一日とは」

「じゃ、じゃ。そいをおはんに相談しようと思っちょったところじゃ。人の話によると、こまごまとしたもんを揃えねばならんし、まず羽織袴を新調せねばならん」

話が急に現実的になってきた。

「そんなに早く仕立ててくるっところがあいもすか」

と権兵衛。

「ご城下の呉服屋で、江戸行きのためじゃ、と言うと、あっという間に仕立ててくるっところがあるようじゃ。じゃっどん入り用なものは羽織袴だけではなか。着替えや江戸に着いてからの支度の金、なんでも三十両はいるということじゃ」

「三十両……」

吉二郎と権兵衛は深くため息を漏らした。父吉兵衛《きちべえ》の借りた二百両という借金も、まだ一両たりとも返してはいない。三十両というのは、今の西郷《さいごう》家にとってとてつもない大金であった。

「何とかいたしもんそ……」

権兵衛が言った。彼は家の会計係のような役割も担っている。

「何とかなっとな」

「何とかならぬとも、何とかせねばないもはん。吉之助さまがお殿さまと江戸にいらっしゃっとでございもす。どげんしても、今のようなよれよれの袴を着せられもんそかい」

「そいはそうじゃ」

金がないこともあったが、身のまわりにまるで気を遣わない吉之助は、皺《しわ》で縒《よ》れたようになっている袴を着けていた。袴はこれともう一枚、亡くなった父のものがあるだけだ。最初の頃は、須賀も気をつけて火熨斗《ひのし》をしてくれていたのであるが、この頃は諦《あきら》めて手を出さない。

「この薩摩にいる分には、おいはどげな恰好《かっこう》をしていても構わぬ。じゃっどん江戸であまりにもむさくるしか恰好をしてはならぬ、というのはかねてよりのお殿さまのお達しじゃ」

国許と違って、人数の少ない江戸屋敷では、斉彬の目に触れることもあるに違いない。そう考えると、新しい羽織と袴はどうしても必要であった。

吉之助の江戸行きの話は、あっという間に広まった。城下士の中でも家格の低い吉之助が選ばれたのは、誰から見ても異例のことなのだ。異例であるという証《あかし》に、用意の金がどうしても工面出来ない。ふつうなら蓄えの中から出せるような家の者が、江戸行きに加わるはずであった。

「さぞかし金に苦労しちょっこっじゃろう」

三日後、大久保正助《おおくぼしょうすけ》が訪ねてきた。金包みを持っている。

「五両入っておいもす。郷中の者《もん》たちが出し合った銭じゃ」

「そいは貰えん」

郷中の仲間も、みな似たりよったりの暮らしをしている。ましてや正助の父、次右衛門《じえもん》は、お由羅《ゆら》騒動の時に鬼界島《きかいじま》に流されたまま、まだ帰ってきていないのだ。

「いや、そいは受け取ってもらわんと困る」

正助はぎょろりと、大きな二皮目《ふたかわめ》をむいた。

「みんなで少しずつ出し合った銭じゃ」

「だから受け取れんと言っちょっとじゃ」

「こん銭はおいたちだけではなか。郷中で吉之助さあが教えちょった稚児《ちご》のやつらの銭も入っちょっ。みんな西郷先生のためにと、自分の銭を出したとじゃ。新《しん》どんなど飼っちょった鶏を売った。こげなことは初めてでありもんそ。あいつらは心の底から吉之助さあのことを好いちょっとじゃ」

村田《むらた》新八は郷中の中でも、吉之助が特に可愛がっていた稚児だ。

「西郷先生が江戸で恥をかいてはならぬと、子どもなりに知恵を絞った銭じゃ。ちゃんと貰《もろ》うてくいやい」

「わかいもした。有難く貰うことにすっど」

吉之助は、包みをおしいただいた。

「ところでおはんのお父上は、まだお戻りにならんとか」

「こんあいだ手紙が届いた。もうそろそろというこっじゃが、まだ見当がつきもはん」

流罪は死罪に次いで厳しい処罰であったが、中でも鬼界島は、過酷な場所と言われている。

「そもそもお殿さまは、やり方が生ぬるか」

正助の吐き捨てるような言葉に、吉之助は驚いて声も出ない。

「そうじゃろう。藩主になられたからには、あん女とそいについている者どもを、叩《たた》き切ってくださるもんと思っちょった。そいがどうじゃ、お由羅はもとより、島津豊後《ぶんご》さえも、お咎《とが》めひとつ受けちょらん。父上の帰還とて、あいつらを刺激してはいかんと、まだご赦免《しゃめん》かなわぬ。こいが生ぬるいと言わずして、何が生ぬるいっとじゃろかい」

長じては下加治屋町《したかじやまち》きっての美男子といわれるようになった正助は、彫りが深く整った顔をしている。その顔をゆがめるようにしてさらに続ける。

「これでまたお殿さまが江戸に行かれたら、父上の帰りは遠のくばかりじゃ。反射炉をおつくりになるより先に、おやりになることがあるじゃろ。まずはあいつらを根絶やしにするこっじゃ」

「何を言うか。正どん、言ってよかことと、悪かことがあっど」

吉之助はぐいと正助の衿をつかみ、自分の顔に近づけた。ふだん感情をあらわにしない吉之助の怒りは、正助をたじろがせる。

「わかっちょっ、わかっちょっ。吉之助さあの前でお殿さまのことを悪く言ってはいかんどな」

「あたり前じゃ」

吉之助はやっと息を整えた。

「お殿さまにはすべて深いお考えがあってのことじゃ。いまあの一派にお咎めを与えては、せっかくまとまった藩もどげんなるかわからん。お父上が帰ってこんとはおはんもつらかろう。が、もうちょっとの辛抱《しんぼう》じゃ。お殿さまはいつも前を向いておられる。そいを我々下の者が、後ろ向きにさせては断じてならんとじゃ」

吉之助は自分の発した、

「お殿さまはいつも前を向いておられる」

という言葉に感動した。その殿と共に江戸に向かう自分の幸運も、今さらながら身に沁みてくる。だから正助のこともう許すことにした。

「正どん、こん金は有難く貰っておくでな。皆にもそう伝えてくいやい」

そうは言うものの、五両では羽織袴を揃えることは出来ない。後で支払う約束で、とにかく呉服屋で仕立てた。権兵衛はその算段を必死でする。

「吉之助さまが江戸へ行きなされれば、畑も今までのようにはいきもはんでなあ。いっそのこと半分お売りになってはいかがでございもんそかい」

「そいはならん。あいは弟たちのもんじゃ。あそこでつくった芋や蕎麦《そば》がなければ、いずれひもじか思いをするかもしれん」

「そいではやはりご親戚《しんせき》筋から借りなければないますまい。吉之助さまの、江戸お供のためと言えば、皆さま少しでもご用立てくださっとではなかですか」

「やむをえんど」

権兵衛はその日から、西郷家の縁《ゆかり》の者をまわるようになった。といっても、銭のあるうちなど一軒もない。みんなしぶしぶといった様子で、少しずつ銭を差し出したという。それでも合わせて十三両になった。

が、冬の最中《さなか》、一日に何里も歩くのは、年寄りにはきつかったのだろう。出発の十日前に権兵衛は寝ついてしまった。納屋に臥《ふ》せっている権兵衛を、吉之助は自ら介抱した。薬草を煮出して飲ませ、妻にはさせられぬ下《しも》の世話もしてやる。

この老人を死なせたら、この家からは続けて四人葬式を出すことになる。父や母を見ていて、人間はなんともあっけなく死ぬのだということを知った。もう知らなくていい。吉之助は寝ている老人の顔を見つめる。身寄りもなく、長年この家のために働いてくれた男である。働くといっても、食べさせてやるだけでほとんど無給だ。着るものは母が父や吉之助のおさがりをたまに与えていたが、その時点で相当着ふるしたものであった。だから権兵衛は常に襤褸《ぼろ》をまとっていた。この男がかけずりまわって、十三両もの大金を集めてくれたのかと、吉之助は目頭が熱くなる。

その時、納屋の外から須賀の声がした。

「よろしゅうございもすか」

「構わぬ、入れ」

立てつけの悪い納屋の戸は、いささか大きな音を立て、吉之助はかすかに眉《まゆ》をひそめた。

須賀は筵《むしろ》の上に座る。

「権兵衛の世話はわたくしがいたしますゆえ、旦那さまはどうぞ、ご出立のご準備をなさってくいやんせ」

「そげんいっても、権兵衛は子どもの頃から仕えてくれておる。おいがみてやりたかとじゃ」

「そうでございもすか」

と須賀は答えた。この女が伏し目がちなのは、鼻の両脇の痘痕《あばた》を見られたくないためだと最近やっと気づいた。

「こいを……」

須賀は懐から紫色の袱紗《ふくさ》を取り出した。それを拡《ひろ》げると、中に奉書紙にくるまれたものがあった。金だとすぐにわかる。

「実家《さと》からの餞別《せんべつ》でございもす。十両ございもす。こいでご準備は何とかなりもはんか」

吉之助は、すぐに受け取る気にはならなかった。伊集院《いじゅういん》家もこの家と同じ家格である。十両という金をつくるのは、たいていのことではなかったであろう。妻の顔を見る。静かに頷いたことに確証を得た。

「こいは手切れ金なのか」

「そのような下品なものではありもはん。旦那さまのご出世を祝っての餞別です」

「が、おはんは去るんじゃろう」

再び頷いた。

「おいが江戸に発《た》つ時に、おはんはこん家を去るんじゃな」

それならば去り状を書かなくてはならない。

「旦那さまのお留守に去る、などということは女の道にはずれもす。わたくしは旦那さまが江戸にいっておらるる間は、こん家を守り、吉二郎殿や竜助殿、彦吉殿のお世話をしなくてはないもはん。旦那さまが江戸からお帰りになりましたら、その日のうちに帰らせていただきもす」

「そうか……」

結局須賀はこの家に、病人子どもの世話と、貧苦と闘うためだけに嫁いだことになる。夫婦の睦《むつ》み合いなど一度もなかった。

「おいがお父上に一筆書こう……。その、おはんはまだ清いままじゃ。この後胸を張って再嫁出来っはずじゃ」

「わたくしに恥をかかせないでくいやんせ」

初めて聞く妻の厳しい言葉であった。須賀は金を吉之助の前に置くと、寝ている老人に目を落とした。

「昨夜《ゆうべ》も寝ずについておられたそうですね、わたくしはあなたのように優しかお方を見たことがありもはん」

その後「わたくし以外」というつぶやきを聞いたような気がした。


一月二十一日、早朝、薩摩藩主島津斉彬の行列は鶴丸城を出発した。緊縮財政の最中、今回は四百人というやや小規模なものとなっている。しかし薩摩は七十七万石余の大藩という建前であり、その行列は気が抜けない。吉之助の案外近くに、斉彬の駕籠《かご》と馬に乗った側近たちが見える。もし何か起こったら、自分がまっ先に飛び出し藩主をお守りするのだと、吉之助は先ほどから武者震いしているのである。

羽織袴どころか、ふんどしまで新《さら》などということは初めてだ。ふんどしは妹たちが徹夜で縫ってくれたものである。草鞋《わらじ》だけは慣れたもので古くちびている。一歩一歩踏みしめて、吉之助は街道を歩いていく。

出水《いずみ》、八代《やつしろ》と九州を北上する薩摩街道から熊本小倉《こくら》に入り、大里《だいり》の湊《みなと》から関門《かんもん》海峡を船で渡る。下関《しものせき》から、山陽道を経て東海道を江戸へ向かう、四十五日間の旅だ。

一月の下旬というと、薩摩ではそろそろ春の気配を感じる頃であるが、その年の冬はことさらに寒かった。吉之助は流れてくる洟《はな》を気づかれぬようにこぶしでぬぐう。そしてお殿さまの行列に加わりながら洟を垂らす自分を、なんと不甲斐《ふがい》ないのかと叱りつけたくなる。

ところどころで小休止をとるが、そのたびに村の者から菓子や果物が献上されることにも驚いた。泊まる宿でも粗末ではあるが布団があてがわれ、きちんとした食事が出される。お殿さまのお供をするというのは、こういうことなのだと吉之助は感激している。

七日めに、川尻《かわしり》という肥後《ひご》細川《ほそかわ》藩の大きな宿場町に着いた。ここには町奉行所もあり、参勤交代の大名の本陣が置かれている。その屋敷の立派さは、とても宿泊所とは思えないほどだ。松の木々に囲まれ、見事な瓦《かわら》屋根が冬の光に輝いている。

その夜、供の者たちは分散して本陣脇にある旅籠《はたご》に泊まった。その日の夕食は、大根の汁に小魚を甘辛く煮たもので、その魚は薩摩では見たことがない形をしている。七日歩くだけで、魚もこれほど違うものかと、吉之助はつくづくと眺めた。

夕食の後、塩で歯を磨いていると、見かけない用人がやってきて、吉之助の名を呼んだ。そして従《つ》いてくるようにと横柄な態度で言った。

夜道を歩く間、用人は低い声で吉之助に告げる。

「これからお通りになる」

「はっ？」

「お通りになるゆえに、庭で待つのだ」

主語が全くない会話だが、吉之助はすべて理解した。斉彬が縁側をふっと通る、その時におめみえがかなうので、庭で待機しろということなのだ。

「こんわたくしが、でございもすか」

「そうじゃ。お城ではこんなことはあり得ぬが、旅先でのおたわむれにそんなお気持ちになられたのであろう」

彼の口調には、いまいましさがにじみ出ていた。どうしてこれほど低い身分の者の前に、藩主が姿を見せるのだろうかという思いなのだ。

吉之助は言われたとおり、本陣の縁側の前に座った。新品の袴が汚れることも、自分以外に四人の若者が座っていることも気にならなかった。みな体が震えている。吉之助も体がぐらぐら揺れそうになるのをぐっとこらえた。

どのくらい待っただろうか。右の方から何やら楽しげに話す声が聞こえた。

「それでは今度、越中《えっちゅう》に言ってやろう」

お殿さまに違いないと吉之助はごくりと唾《つば》を呑《の》む。他藩のお殿さまのことを「越中」などと呼ぶ者は他にいないからだ。

憶えていた声よりもはるかに若々しかった。少し酔っているのか笑い声も混ざる。

やがて衣《きぬ》ずれの音と、かすかに香《こう》のにおいがした。が、吉之助の目には、まだ黒い濡《ぬ》れた土しか見えない。

「殿さま」

先ほどの用人とは違う男の声がした。

「殿さま、これらの者たちが、今回御供に加わりました新参者でございます」

「みんな若いな。どれ面《おもて》を見せよ」

「特別のおぼし召しだ。面を上げよ」

顔を上げた。息が止まるかと思った。斉彬はすぐ目の前にいたのだ。袴はつけず寛《くつろ》いだ恰好である。夜目にも白く光る生地《きじ》だ。

「お前が西郷吉之助か」

「ははーっ」

もう一度土を見た。

「体が大きいのですぐにわかったわ。そうかしこまらずともいい」

「西郷、面を」

ゆっくりと顔を上げた。すると斉彬と目が合った。切れ長の美しい目が、笑いを含んでいた。

「お前の書いたものは読んでいた。無参《むさん》禅師からも話を聞いておる」

「ははーっ」

深く頭を下げたら、顔が土に触れた。

「そういちいち頭を下げずともよい」

「西郷、面を上げよ」

「ははーっ」

信じられないことに、斉彬はさらに吉之助に近づいてきた。そして中腰になり顔をのぞき込むではないか。

「お前はなんという目をしているのだ……」

なぁ、と縁側にいるまわりの者たちに同意を求めたが、声はなかった。

この子はなんという目をしているのか……。子どもの頃、大人たちからよく言われたものだ。吉之助の目は、あまりにも黒く光っているというのだ。しかし成人してからは、ただの「目玉の大きな男」としか言われない。

ところが吉之助の慕う人は、つくづくと見つめこう言ったのだ。

「お前はなんという目をしているのだ……」

もうそれに耐えきれず、吉之助ははは一っとつっぷしてしまう。

「また江戸で会おうぞ」

という言葉がやがて遠ざかっていった。

次の日から吉之助は、夢をみているような気持ちのままだ。昨夜自分の身に起きたことが、現実だとはどうしても思えないのだ。

斉彬に声をかけられたことを、江戸に着いたら手紙で吉二郎に教えてやろうか。いや、そんなことをしたら、大切な思い出が壊れてしまうような気がする。そもそも斉彬は、手紙で話題にするような存在ではないのだ。

やがて十二日めに小倉に到着した。いよいよ船に乗るのである。斉彬には御座船《ござぶね》が用意された。青い空の下、小早《こばや》や関船《せきぶね》をしたがえた御座船の姿に、吉之助はしばし見惚《みと》れる。これほど大きな船に乗るのは初めてである。

「おはんは船酔いは大丈夫か」

旅に出て以来、すっかり仲よくなった同輩が尋ねた。

「船酔いですか……。長い距離を乗ったことはなかでわかりもはん」

「今日はもうじき風が出てくるというこっじゃ。風が出ると船はつらい。揺れて揺れて、こちらの臓腑《ぞうふ》もひっくり返る」

「本当でございもすか」

「が、ここから下関はあっという間じゃ。そう酔うこともあるまい」

一度御供を経験している彼は、何かと教えてくれるのである。

誘われて船の甲板に行った。波がこちらに向かって進んでくるかと思うとへりにぶつかって散っていく。船は大きく揺れる。が、ちゃんと進んでいるのだ。

「ほら、もう島が見えてきた」

「あいが下関でごわすか」

「そうじゃ。下関に下りれば、あとは京、大坂、江戸、どこへでも行ける」

船に乗っていると、どうしてこう心が大きく晴れやかになるのかと、吉之助は思った。まるで自分がこの大海原を切り開いていくようだ。

おーっと吉之助は大きく叫びたい衝動にかられた。こんなことを想像したこともなかった。自分はあの貧しい家に住み、家族のために生きるのだとずっと考えていた。それがどうだ、斉彬さまからお声をかけていただいただけでなく、今、海の上にいる。そして江戸に向かっていく。が、お前たちを捨てたわけでも、忘れたわけでもないと、吉之助は遠い故郷に向けて呼びかけている。しかしその中に妻はいなかった。

六

薩摩を発《た》って四十五日め、吉之助《きちのすけ》はついに江戸に到着した。そのまま芝《しば》上屋敷に入る。

吉之助はすぐに、有村俊斎《ありむらしゅんさい》、樺山三円《かばやまさんえん》らと再会した。

芝は徳川《とくがわ》家の菩提《ぼだい》寺増上寺《ぞうじょうじ》を中心に、多くの大名屋敷や旗本屋敷が建ち並んでいる。

薩摩藩上屋敷は、最近土佐《とさ》藩山内《やまうち》家の土地を手に入れ、地続きになったばかりだ。篤姫《あつひめ》婚儀に向けての普請《ふしん》も始まっている。新しい藩主により、屋敷は活気に充《み》ちていて、それは斉彬《なりあきら》がお国入りしていた間も損なわれることはなかった。

「西郷さあを待っちょいもした」

わずかな間に、彼らは袴《はかま》や髷《まげ》の形がかなり変わっていた。国にいた頃と違い、月代《さかやき》も綺麗《きれい》に剃《そ》ってある。

「どこから見ても江戸者《もん》じゃ」

「そうはいきもはん。口を開いたらすぐにわかりもす。薩摩の芋侍じゃとな」

三人は声をたてて笑った。

「さあ、どこから案内しもんそか。国から来た者を連れていくとしたら、やはり品川《しながわ》やろかい」

「いやいや、西郷さあは女嫌いで知られちょっ。まずは浅草寺《せんそうじ》というのがよか」

二人が口々に言うのを手で制した。

「江戸見物など後の後じゃ。まずはこのお屋敷やお勤めに少しでも早く慣れんといかん。いろいろ教えっくれ」

「西郷さあは相変わらずじゃな」

それでも樺山は、この上屋敷で行なわれているさまざまなことを教えてくれた。

「なんといっても、今いちばんの大ごとは、篤姫さまのご婚儀の準備じゃ」

「ふむ」

「お道具や着物を用意するために、毎日のように商人が出入りしておりもす。武骨な方々が女の着物を選ぶのじゃで、そいは難儀なこっじゃろう。といっても、我々下っ端はお手伝いなど出来るはずもなか」

「そいはそうじゃ」

「そいと……」

樺山は声を潜《ひそ》めた。

「こん屋敷にも、お由羅さまに近い者が何人もおりもす。決してうかつなことを口にしてはなりもはん」

「わかっちょっ」

「お殿さまはあまりにも寛大でいらっしゃって、我々も歯がゆかほどじゃ。が、今は藩をひとつにすることをまずお心にかけていらっしゃっとじゃろう。我々がそのお志をないがしろにするようなことがあってはなりもはん」

「じゃ、じゃ」

彼の感想は、大久保正助《おおくぼしょうすけ》よりもはるかに吉之助の意にかなったものである。吉之助は何度も大きく頷《うなず》く。

「わかっちょっ、わかっちょっ。そいと、もしお暇をいただける時があったら、まずおいは湯島《ゆしま》の孔子廟《こうしびょう》を参拝したか。ぜひ連れていってくいやい」

「孔子廟とは西郷さあらしかなぁ」

樺山は微笑した。

「そいと、まずは西郷さあの江戸入りを祝っての酒じゃ。江戸はやはり酒がうまか。薩摩の焼酎《しょうちゅう》はどこにも負けんが、やはり酒の方がするすると喉《のど》に通っど……。そうじゃ、そうじゃ、西郷さあは下戸じゃったな」

「全く面白味のなかお方じゃ」

有村が、わざと大げさなため息をついた。

「酒もいかん、女も好かん。西郷さあはいったい何が楽しみで生きておっとでごわんそか」

「本があるじゃろが。おいは江戸に来たら、本がたくさん読めると楽しみにしてきたとじゃ」

「御書物蔵に行けば、我々でも手にとることが出来る本がたくさんあいもす。お殿さまは有難いお方で、ご自分の本でも読みたかものがあれば自由に閲覧してもよかと仰せじゃ」

「なに、そいは本当か」

「そげんいっても、大半が蘭学《らんがく》の本でおいたちには歯が立たん。中にはえげれすの言葉の本もある。そこにお殿さまの書き込みがある。なんとえげれすの文字で書かれておらるっとじゃ」

「全くなんというお方じゃろうか……」

斉彬について語ろうとすると、吉之助の目頭はじんわりと熱くなる。その顔があまりにも真剣なので、同輩二人はからかうことも出来ないのである。

「天下いちの名君で、わが国の宝ともいわれるお方が、蘭語、えげれす語もご堪能《たんのう》とは。お殿さまをいただく我々は、何という幸せ者であろうか。ましてや、これほどお側近くに仕えることが出来るっとじゃっで、こげな果報があってよかもんじゃろか」

「わかった、わかったわ……」

二人が苦笑している。

「西郷さあというのは、酒を飲む前から、もう酔うておるようじゃ」

「酒飲みなら、さぞかし泣き上戸になったじゃろ」

こんな風にして、吉之助の江戸第一夜は過ぎたのである。

中御小姓《ちゅうおこしょう》という肩書で江戸にやってきた吉之助であるが、命じられたのは「お庭方《にわかた》」という役であった。これは有村や樺山らに聞いても、

「皆目見当がつかん」

という。

「お庭方」というのは実は、吉之助のために新しくつくられた役職で、藩主斉彬がたまたま縁側を「お通り」になる時、話しかけるためだ。吉之助の身分では、とても藩主に目どおりはかなわぬ。が、庭にいる者に声をかけることは出来るだろうという、斉彬自身の発案によるものであった。が、そんなことを彼らは知るよしもない。

「庭の掃除ならば、そのへんの小者《こもの》がやっちょっど。何もそいをさせるために、わざわざ薩摩から西郷さあを連れてきたとではなかろう。おそらくそうした中間《ちゅうげん》や小者を監督するために違いなか」

が、それで吉之助が落胆することはなかった。芝屋敷は二万五千坪ある。その広大な庭の草をむしり、松の剪定《せんてい》をするのが役目だというのならば、心を込めてしようと思う。

やがて再び命《めい》が下った。斉彬が住まいとする御座所の棟の、中庭を担当しろというのである。おそらく警備も兼ねているのだろうと、吉之助は合点した。朝は夜明けと共に起き、静かに水を撒《ま》き、石にはわせた苔《こけ》の様子を見た。ちょうど葉が育つ頃であったので、樹の一本一本を確かめ虫がいたら駆除した。早春のかおりには潮風も混じっていて、吉之助は深呼吸

をする。

思いの外、海が近いのであろうか。

この海の先、浦賀《うらが》にあめりかの船がやってきたのはつい最近のことである。あの時は日本中が大騒ぎとなったが、その混乱は今も続いている。江戸に戻るやいなや、斉彬はすぐに老中阿部《あべ》正弘《まさひろ》に呼ばれ、海防について議論を闘わせる。それは吉之助の胸を誇りで充たすのであるが、もう少しお殿さまに静かな眠りを、と願わずにはいられない。

だから吉之助は、音を立てぬように注意深く鋏《はさみ》を使っている。

やがて廊下の奥からややせっかちな足音と、かすかな香《こう》のかおりがやってきた。それが斉彬だということを既に吉之助は知っていた。過去二回、斉彬はここの廊下を通り過ぎていったからだ。吉之助は土の上に座し、頭《こうべ》を垂れて主君が行くのを待っていた。が、今日は違っていた。かおりは吉之助の真上で止まったのである。

突然ご下問があった。

「『大日本史』を読んだか」

「はっ」

水戸《みと》の徳川光圀《みつくに》によって始まった日本史を編む作業は、なんと二百年におよび、藩の財政を大きく傾ける結果ともなった。が、それゆえに水戸藩は、今や最も尊敬される国となっているのだ。前藩主斉昭《なりあき》は、尊王を説く水戸学の主《あるじ》として人々の崇敬の的である。

「近いうちに小石川《こいしかわ》へ行くとよい」

小石川といえば上屋敷を構える水戸藩のことであるとすぐにわかる。

「藤田《ふじた》殿におめにかかることが出来るはずだ」

それだけ言うと斉彬は、また房室に帰っていく。気配でわかる。ややあって吉之助はやっと顔をあげた。狐につままれたような気持ちというのは、このようなことを言うのではなかろうか。お殿さまは、自分をめざして廊下に出ていらして、そして自分の前で止まり、声をかけてくださったのだ。ということは、自分がここで働いていることをご存じだということになる。参勤交代の途中、「お目通り」をしてくださったものの、自分のようにとるにたらない者など憶《おぼ》えていてくださるはずはないと思っていた。それなのに、今、はっきりとおっしゃったのだ。

「小石川へ行くとよい」

それは巨大な知の牙城《がじょう》へ向かえということなのである。藤田殿というのは、藤田東湖《とうこ》先生のことなのだと、吉之助はやっとことの重大さがわかってくる。

藤田東湖のことを知らぬさむらいは、おそらく日本中探しても一人もいないであろう。商人の家系から斉昭にひき立てられ、側用人となったのである。

東湖の「正気《せいき》の歌」は出版され、広く読まれている。吉之助も空で言えるほどだ。

天地正大の気

粋然として神州に鍾《あつ》まる

秀《ひい》でては不二の嶽《たかね》と為《な》り
巍巍《ぎぎ》として千秋に聳《そび》ゆ
注いでは大瀛《だいえい》の水と為り
洋洋として八洲《やしま》を環《めぐ》る

この詩は、今、男たちを熱狂させている。そらんじられるのは吉之助だけではない。作者の東湖は、男たちの偶像であり、精神の支柱でもある。その東湖が会ってくれるというのだ。しかもそのことを命じたのは斉彬なのである。

二人の間で何か言葉がとりかわされたと考えられる。

「お殿さまが、おいのことを言ってくれたとじゃろう」

自分のことを気にかけてくれているのだと思うと、吉之助の心はさらに感動で震えるのである。

はたして六日後、樺山から誘いがかかった。

「今日、藤田先生のところへ行くので、西郷さあも一緒にまいりもんそ」

彼は言う。水戸藩とは、お殿さまと老公（斉昭）とが親しく、わが藩の若手も出入りを許されている。今をときめく方々の教えをよく受けてくるようにと、上役からも奨励されているのだ。今日は西郷も同行させるようにと達しがあった。上の意向が働いている証《あかし》に、

「ほれ、こいを見てくいやい」

樺山は手にした一升徳利《しょうどつくり》を持ちあげてみせる。

「こげな上等なものはとてもおいたちでは買えん。藤田先生への手土産にしろということっじゃ」

小石川への道中、彼はさまざまなことを語った。藤田東湖が大変な酒好きであるということ。しかし江戸の人はたいていそうであるが、焼酎は飲みつけないのかあまり好きではない。一度など持参した薩摩の焼酎を「くさい」とけなしたこともあるという。

「気むずかしいお方じゃとか」

「とんでもなか。とても愉快な方じゃ。飲むほどにお話しになり、時々突拍子もないことをおっしゃる」

これは同輩の有村俊斎から直《じか》に聞いたことだと断わって語り出す。

酔った東湖は彼に、

「博奕《ばくち》をしたことがあるか」

と問うた。とんでもない、と憤然と答える相手に向かって東湖はにこにこ笑い、

「自分の好きなことばかり極めて、嫌いなことにはそっぽを向く。そんなことでは世界が狭くなるばかりだ。君のような若者が、博奕のやり方を知っていて損はない。さっそくわしが教えてやろう」

と、おいちょかぶをやり始めた。しかし東湖は大層弱い。たちまち初心者の有村に負けてしまった。負けるたびに着ているものを一枚一枚脱ぐとりきめだったので、最後はふんどし

までとってしまったという。

「そいはあまりにも破廉恥というものでごわす……」

吉之助は少し怖くなってきた。もし東湖が酒乱というような男ならどうしようかと思ったのだ。

「いや、こいからが藤田先生のすごかところじゃ。あまりのことに有村も笑うしかなかったそうじゃが、そん時、先生はぴしっと、何を笑う、町にはこのような裸の者が溢《あふ》れているではないか、と一喝されたというのじゃ」

「そいはどういうこっじゃ」

「政道が悪いために、今日の糧《かて》を得ようと走りまわっている者、この他にも、権力者にとり入る者、世の中はみな裸の者で満ち満ちているとおっしゃるのじゃ」

「おいにはよくわからん……」

吉之助は首を横に振った。江戸に来てからも座禅をかかしたことはないが、禅問答のような会話や行動は未《いま》だによくわからない。伝えるべきことは、きちんと言葉にして真心をこめて相手に伝える。これが吉之助の考える人とのつき合い方であった。

「まあ、おいも有村も気に入られて、その後もずっと訪問を許されているぐらいじゃ。西郷さあも、きっと先生のお心にかなうことじゃろう」

「ないごてそげなことがわかっとか」

「そいはそうじゃろう」

この気のいい青年は、吉之助に向かって微笑《ほほえ》んだ。

「国にいた時も、西郷さあは誰からも好かれておりもした。西郷さあを嫌う者は誰一人おらんかった」

「そげなこつはわからん。おいはこのような田舎者じゃ。江戸に来たらどげんなるかわからん」

「案ずることはなか。藤田先生のような人間の本質を見抜く方が、西郷さあを気に入らんはずがなか」

こんなことを話しているうちに、小石川に来た。このあたりはやたら寺院が多い。武家屋敷と有名な寺院とが入り交じっているのだ。

「なんじゃ、あいは」

吉之助は指さした。小さな屋敷が続く先に巨大な森が見えたからだ。

「あいが水戸さまのお屋敷じゃ」

「なんと」

「十万坪はあるじゃろう。お庭は後楽園《こうらくえん》といってそいはそいは見事なものじゃ。もっともおいは見たことはなかがのう」

表門は庭の南側にあったため、かなり歩くことになった。驚いたことに樺山は堂々と表門から入ったばかりでなく、丁重に迎えられた。

長い廊下をいくつもまわったわりには、こぶりな座敷に二人は通された。当然下座に座って待っていると、かなりの時間がたった後、二人の男が入ってきた。一人は藤田東湖とすぐにわかった。大柄な中年男で、目は丸く大きいのにとても鋭い。噂《うわさ》どおり三尺の太刀を腰にさしていた。東湖が父の形見のこれを、片ときも離さないというのは有名である。もう一人の男は「戸田蓬軒《とだほうけん》」と名乗り、吉之助ははっとかしこまった。彼も東湖と並び称される水戸の宝である。自分のような身分の者に、水戸藩がどうしてこのような厚意を寄せてくれるのかと、吉之助は感激で胸がいっぱいになる。

「話には聞いていたが、まあ、大きな若者だな」

東湖が楽しそうに言った。

「何貫あるのだ」

「二十九貫（約百九キロ）でごわす」

「ほうー」

二人の男はしんから驚いたような声をあげた。

「それにしても本当に何という目をしているのだ。黒く光って、まるで黒曜石《こくようせき》のようだ」

吉之助は今の言葉で、東湖に自分のことを話したのは斉彬だと確信した。

酒ではなく茶が出た。それと小さな饅頭《まんじゆう》が運ばれてきたのをきっかけに、樺山が語り出す。

「両先生、今日は海防のことでお考えを賜りたくやってまいりもした。日米和親条約などというものを勝手に結ばされて、腸《はらわた》の煮えくり返るような思いでごわす。そもそもわが国は夷《い》狄《てき》など一歩も踏み込めぬことになっておりますのに、おめおめとこれを許さなくてはいかんとでごわんそか」

「全く天下の一大事というのは、こういうことを言うのでしょうか」

東湖は深く頷いた。太いいち文字眉《まゆ》にくりっとした大きな目は、鋭い光がなかったらまるでからくり人形のようであった。

「私はこのことについては、ご老公（斉昭）とたえずお話をさせていただいています。ついこのあいだはご老公の前で、中浜万次郎《なかはままんじろう》とも議論を交わしたところです」

「中浜でございもすか」

男たちは驚きの声を上げる。東湖の人脈の広さにだ。後にジョン万次郎と呼ばれる中浜はかつては土佐の漁師で、漂流の末にあめりかにたどり着いた。あちらでの生活を体験し、帰国して後は、あめりかの生き字引として、あちこちでひっぱりだこだ。薩摩とも縁が深くよく呼び寄せて話を聞いていた。

「中浜と私とでは少し意見が違います。中浜は、今、わが国の軍力では、和睦《わぼく》を選ぶ方が賢明だというのです。戦をするのはあまりにも無謀だというのですが本当にそうでしょうか。い穏やかにことを進めるように見せかけて、後手で翻すのが夷狄のいつものやり方です。ろしあも油断ならないことは、中浜も言っておりました」

「やはりそげんですか」

樺山の膝《ひざ》の上のこぶしはぶるぶると震えているが、東湖は静かに続ける。

「よいですか。天照大神《あまてらすおおみかみ》・神武《じんむ》天皇らによって、わが国の秩序が出来上がり、道に添って正しい政治が行なわれてきたのです。他には何もいりません」

ああ、お書きになっている本の通りだなと、吉之助はうっとりと耳を傾ける。

「それなのに、かつて仏教というよその思想が入ってきてからこの国はおかしくなったのですよ。愚かな学者たちがこぞって間違ったことを教え始めたからです。東照《とうしょう》さま（徳川家《いえ》康《やす》）はそれをご存じだったからやがて鎖国となり、異国の邪悪なものがいっさい入ってこないようになりました。そして皇室を敬ったのです。そう、尊王攘夷《じょうい》をあの方は実行なさったのです」

「尊王攘夷」。その言葉は少しずつ流布されていたが、それをつくり出した人間の口から聞く思いは格別であった。吉之助は感動のあまり体が震える。

「今こそ原点に立ち返って、尊王攘夷を実行しなくてはなりません」

翌朝、いつものように地面にかしこまる吉之助の前に、斉彬の白い足袋《たび》がぴたりと止まる。

「昨日、行ったのであろう」

やはり東湖と会ったことを知っているのだ。

「ははっ」

「藤田殿はどうであった。いろいろお話しくださったのか」

「ようわかりもはん。一刻《とき》ほどお話をして、また来るようにとおっしゃってくださいもした」

「そうか。それではまた小石川に行くとよい」

「お殿さま……」

吉之助の大きな肩が小刻みに震えた。

「お殿さま……、私は口惜《くや》しゅうございもす」

「なんと、口惜しいとな……」

「小石川の水戸邸は十万坪のお屋敷でございもした。そのことが羨《うらやま》しいのではあいもはん。御三家の水戸さまは江戸定府《じょうふ》でいらして、参勤交代がなかではあいもはんか。それにひきかえ、お殿さまは一年おきに薩摩と江戸を行き来しなくてはないもはん。私は今回お供をして驚きもした。四十五日間でございもす。四十五日、お殿さまは旅をしてられます。今やこの日本《ひのもと》にとってなくてはならぬお方が、毎年四十五日間旅をしてられます。薩摩にも江戸にもおいでではなか。こいほど理不尽で無駄なこっがあいもはんか……」

しばらく沈黙があった。

「いずれ近いうち、参勤交代はなくなることであろう。そうならねばならぬはずだ。藤田殿が、きっとお前の口惜しさを解いてくださるであろう。だからまた小石川へ行くがよい」

そして再び足袋は遠ざかっていった。


再び吉之助は小石川の水戸屋敷を訪《たず》ねた。

「薩摩の若いさむらいたちによい刺激を与えてもらう」

というのは、どうやら斉彬と斉昭で取りきめていたらしい。有村は行くたびに、手土産の一升徳利を持たされると言っていた。時には薩摩名産の黒砂糖や豚肉（塩豚）が手土産ということもあった。これらは水戸邸の女たちに、とても喜ばれるという。

「いつも菓子や酒をふるまってくるっとじゃ、こいくらいしなくてはならんじゃろう」

「なあ、有村どん、ひとつ聞きたかことであっが、水戸のご老公のご子息、一橋慶喜《ひとつばしよしのぶ》さまというのは本当にすぐれたお方じゃっとか」

「あのご老公が手塩にかけてお育てになり、必ず天下人になる、とおっしゃったお方じゃ。凡庸であられるはずはなか」

「そうか。そいでは紀州《きしゅう》の慶福《よしとみ》さまはどげんじゃろか。あのお方は将軍家にお血筋がずっと近くいらっしゃるとではなかか」

「慶福さまはまだご年少でいらっしゃる。こんややこしい時勢を乗り越えらるっとは、やはり慶喜さまでございもんそ。お殿さまもやはり次の公方《くぼう》は一橋殿だとおっしゃったということでございもす」

「なに」

斉彬の名を出されると吉之助の表情が変わる。

「斉彬さまがやはりあのお方とおっしゃったというとか。ならば本物のご器量人であらるっとじゃろう。が、有村どん、おいは不思議でたまらん。そいほど高く買われた慶喜さまに、どうしてご自分のご息女をさし上げなかとじゃろか」

「そいは決まっておろう。もう慶喜さまには決まった方がおられる。京都からいらした公卿《くぎょう》の姫君じゃ」

「そうか、そいならば無理というもんじゃな」

「西郷さあはまだ江戸に来たばかりでよう知らんじゃろうが、昨年、家慶公《いえよし》が亡くなられた時は、みながあわてたそうじゃ。家定《いえさだ》さまが公方では不安に感じもす。家定さまはお体が弱くていらっしゃる。前のご正室お二人にお子がいらっしゃらなかったのも、そんためであいもんそ。思えば篤姫さまもお可哀想なお方じゃ」

「何がお可哀想なのじゃ」

「斉彬さまの娘ということにはなっちょっが、本当は分家の今和泉《いまいずみ》家の姫君、そいならお体の弱かお方の、三番めの妻ぐらいがちょうどよかと思われたとじゃろう」

「おはん、言ってよかことと悪かことがあっど」

「いや、これは誰もが知っちょっことじゃ。家定さまの御世《みよ》はそう長くはなか、と思っているからこそ、次の公方はそれ慶喜さまじゃ、慶福さまじゃと、みんな取り沙汰《ざた》しちょっとですよ。そんさなかに家定さまに嫁がれる篤姫さまはお気の毒だと、我々家中の者はみな思っちょいもす。御台所《みだいどころ》にならるっとは、わが藩にとってはまことに晴れがましいことであいもすが、ご本人にとってはいかがなもんじゃろかい」

吉之助は一度だけちらりと見た篤姫を思い出した。この芝屋敷の奥深く、篤姫は婚礼までの日を過ごしているのであるが、ごくたまに庭に出ることがある。女たちが何人もつき添っている。

真夏だというのに、打ち掛けをはおっていた。金糸銀糸がびっちり織られているのが遠目にもわかる。それは大柄で健康そうな若い娘にあまり似合っているとは思えなかった。

骨格が立派で、背が高いのが薩摩の女の特徴である。痩《や》せた女といえば肺病で亡くなった母親の満佐《まさ》ぐらいだったが、それでも元気な時は体格のよい女であった。そうした薩摩の女を見慣れた吉之助から見ても、篤姫はむっちりと肉がついていた。が、十七貫(約六十四キロ)あるという噂はどうやら嘘で、肥満というほどではない。活力が満ち溢れているような女に吉之助は一瞬見惚《みと》れ、そんな自分を大層恥じた。主君の娘を盗み見たということになるのである。

年が明けた。最近斉彬の足がしょっちゅう止まるようになっている。またひたひたと近寄ってきた白い足袋が、吉之助の前で止まった。

「お前は於一《おいち》を見たことがあるか」

於一というのは篤姫の前名である。

「は、はい。恐れながら……」

「庭で見たことがあるというのだな」

「は、はい。申し訳ございもはん」

「よい、よい。於一はよく庭を歩きまわっているらしい。それでどう思った」

「どう思った、とおっしゃいもすと」

「器量がどうかと聞いているのだ」

「そげな。私ごときが姫君さまのご容姿を申せるわけもなく……」

「それはそうであるが、えらく肥えた女だとは思わんか」

「いえ、薩摩の姫君さまならあたり前のことでございもす。お健やかで美しか姫君さまかと存じもすが」

「薩摩ではそれでよいかもしれぬが、江戸の大奥というのはうるさい女たちがひしめいているところだ。もう少し江戸風にしなくてはならぬ。この縁談があってから四年、於一には江戸育ちの女をつけて、徹底的に言葉を直してきた。わしのように江戸育ちの者にとっては、故郷といえども薩摩の言葉はとんとわからぬ」

「さぞかし私の言葉がおわかりにならぬかと思いもす。申しわけございもはん」

「お前の言葉はなぜか、すぐに慣れたわ」

斉彬はふふと笑った後、顔をぐいと吉之助に近づけた。秘密の話をする時の癖であるが、吉之助はこれに慣れていない。香のかおりが鼻孔をくすぐる。あとで思い出しては体が震えた。

「それでお前に頼みがある。どうか於一のことを見守ってやってくれ」

それは飛び上がるほどの驚きだった。

「滅相《めっそう》もございもはん。私のような身分の者が、どげんして姫さまをお守り出来っとでしょうか。ご家老さまはじめ、ご重役の方々が姫さまのご用をつとめていらっしゃいもす」

「みんな年寄りばかりだ。於一にはお前のような肥えた若い男の助けが必要なのだ。お前のような男でなくては、親身になってくれまい」

「もちろん、こん西郷、命に替えても姫さまをお守りいたしもすが、私のような者がどうやって……」

「もちろん近くにはいけぬが、幾島《いくしま》には話をとおしてある」

幾島というのは、篤姫入輿《じゅよ》のために、近衛《このえ》家から遣わされた世話人である。かつて斉彬の叔母《おば》にあたる薩摩の姫が、幾島を伴い近衛家に輿《こし》入れした。この姫はすぐに亡くなってしまったのであるが、幾島はその能力と人柄を買われてずっと近衛家がとどめおいていたのである。おそろしいほど頭が切れる女と皆は噂をしている。

「女の力だけでは於一を支えることは出来ぬ。お前は於一とそう年が違わぬ。よしなに頼む」

篤姫が江戸に到着してからも、京の禁裏が炎上したり、異国の軍艦が次々と現れたりで婚礼はずっと延期されている。篤姫は既に二十一歳となっていた。吉之助より八つ下である。童顔の吉之助は、どうやら年よりも若く見られているらしい。

有村の言葉がひっかかる。

「三番めの妻なら、分家出身で薩摩の姫でもよかと思っとじゃ」

故郷にいる妻の須賀《すが》をふと思い出した。大家族で貧しい家に、なぜ嫁いできたかといえば、須賀に痘痕《あばた》があるからだ。多かれ少なかれ、負いめがあって嫁いでいく女は悲しいものだと思う。

篤姫のことは斉彬には命ぜられたものの、すぐに幾島に面会がかなうわけもなく時間がたっていった。春から夏になり、秋も深まったある日。突然地面がぐらりと揺れた。たいしたことはないだろうと、吉之助はまわりにいる者たちと顔を見合わせた。このところやたら地震が多く、今年安政《あんせい》二年（一八五五）になってからも、飛騨《ひだ》や遠江《とおとうみ》が揺れ、江戸にもその影響があったのだ。

しかし次の揺れは、どーんと地の底からつき上げてくるような激しさであった。立ち上がろうとしたがうまくいかない。襖《ふすま》が音をたてて倒れてきた。

「庭に出るのだ」

誰かが叫んだが吉之助は走り出していた。

斉彬を、どんなことをしても守らなくてはならぬ。

「お殿さまー！」

絶叫しながら、吉之助はまだ揺れている廊下を走った。斉彬の居室にたどりつく。お付きの者たちに守られて、斉彬は既に庭に降りていた。

「お前の声は、ずっと聞こえていたぞ」

斉彬は呆《あき》れたように言った。

「申し上げもす」

髷が大きくゆがんだ者が、跪《ひざまず》いた。

「篤姫さま、ご無事でございもす。幾島殿と共に、庭の東屋《あずまや》にお移りになりもした」

「そうか、それはよかった……」

斉彬は空を仰いだ。目を閉じてつぶやいた。

「まだ我々は天に見放されていないようだ」

とはいうものの芝屋敷の建物の多くは損壊し、屋根が落ちた棟もあった。特に被害が甚大だったのは、篤姫が居住する棟で、婚礼のために用意された衣装、道具のすべてが地震の粉《ふん》塵《じん》の中に消え去ったのである。

渋谷《しぶや》の下屋敷へのあわただしい引っ越しの最中《さなか》、吉之助は斉彬に声をかけられた。

「お前も知っておろう。於一の婚礼道具のすべてがやられてしまった」

「は、まことにおいたわしいことでございもす」

「が、婚礼をこれ以上ひき延ばすわけにはいかぬ。どんなことをしても来年には於一を嫁《や》らねばならないのだ」

「はっ」

「お前に於一の婚礼道具を調えてもらう。あと一年ですべてを揃えるのだ」

滅相もない、と答えようとしたが吉之助はやめた。斉彬の額にうっすらと見慣れぬ傷を見たからだ。地震で逃げる際に負ったものであろう。斉彬の苦悩を思えば自分はどんなことでも出来る。

「こん西郷、確かに承りもした」

頭を垂れた。

「来年の秋までに、篤姫さまのお道具すべてご用意いたしもす」

「西郷さま、そんなことは到底無理でございます」

まず出かけた指物商の主人は、大きく手を振った。

「先日お納めさせていただいた簞笥《たんす》、鏡台、長持、どれも三年かけてつくったものでございます。名人といわれる塗師《ぬし》にやらせておりましたが、その者もこの地震で行方知れずでございます。私どももいつ商売が出来るかわからない状態でございまして……ほら、ご覧くださいませ」

店先を指さす。数人の店の者たちが、のこぎりで材木を挽《ひ》いている最中であった。

「私どもで使います桐《きり》や桑は、伊豆《いず》から直接仕入れて、板木にいたします。ところが板がだいぶやられてしまいましたので、こうして店の者たち総動員でかろうじて残った板を木取りしている最中でございます。あれ、西郷さま、どうなさいました。あ、そのようなことを」

主人があわてて止めようとしたが、羽織を脱いだ吉之助は、のこぎりを手にしていた。そしてそれを挽いていく。

「おいは薩摩でさんざん薪《まき》をつくっちょった。おぬしらより挽くのはずっとうまかど」

次の日の呉服商はもっと手強《てごわ》かった。

「神田川《かんだがわ》周辺の、友禅の職人がみんなやられてしまったのでございますよ。刺繡《ぬい》や匹田《ひった》など京に注文を出そうにも、このようなありさまでは人をやることも出来ません。来年までにというのは、到底無理なお話でございます」

「それではこのあいだ納めてもらった、打ち掛けの下絵はあっとか」

「はい、それはなんとか持って逃げました」

奥から厚い冊子の下絵を持ってきた。綾地《あやじ》に四季の草花、縮緬《ちりめん》地に源氏絵、唐松に山水文様、どれも見事な意匠である。

「有難か、有難か」

吉之助は頭を垂れた。

「主人は地震の最中、自分の命をも顧みずこれを持ち出してくれとじゃな……。本当に有難か。礼を言うでな。さて……」

面くらう主人を前に西郷は立ち上がった。

「おいはこれを持って、さっそく京へ旅立つ所存じゃ。どうかおはんのところで取り引きのある京の職人を教えてくいやい。おいが行って直接頼もう」

「西郷さま、おやめください。わたくしどもから誰かやります。どんなことをしてでもつくりますゆえ」

いつもは屋敷に呼びつける商人たちひとりひとりを吉之助は訪ね、頭を下げた。一ヶ月もたたぬうちに、多くの商人たちが、

「西郷さまのためなら」

と震災の中から立ち上がった。

そして約束どおり、次の年の秋までにはすべての道具と衣装が調ったのである。その中には、甑島《こしきじま》産の硯《すずり》をはじめ、べっ甲の櫛《くし》や大島《おおしま》の部屋着、実験場でつくられた硝子《ガラス》器（薩摩切《きり》子《こ》）といった薩摩の品々が含まれていた。

あさっては篤姫が江戸城に入るという日、吉之助は幾島に呼ばれ、廊下に座って待つよう

にと命じられた。しばらくたった頃、女たちの衣《きぬ》ずれの音がした。

「西郷」

若い女の声がした。

「このたびはご苦労であった。礼を言います」

「ははーっ」

「苦しゅうない、面《おもて》をあげよ」

幾島の声だ。吉之助はそこで初めて篤姫の顔をまじまじと見た。薩摩の女特有の、大きな目が愛らしいと思った。微笑んだ。八重歯がある。女の顔に心を奪われたのは初めてのことであった。

七

篤姫《あつひめ》の婚儀は、幕府と薩摩《さつま》の威信を賭《か》けた盛大なものとなった。

安政《あんせい》三年（一八五六）十一月十一日はよく晴れた冬の日であった。篤姫が江戸《えど》城からの迎えの駕籠《かご》に乗り込むと、上から朱傘が差し掛けられた。高貴な人の乗り物だという証《あかし》である。

道具はあらかじめ運ばれていた。油単《ゆたん》にくるまれた長持は、なんと六十棹《さお》であると江戸っ子たちの度肝を抜いた。が、彼らをさらに驚かせたのは輿《こし》入れ行列である。先頭が江戸城に達しても、後方の者たちはまだ渋谷《しぶや》屋敷を出ていないのである。もちろん江戸詰めの薩摩の者たちだけで、このような華々しいことが出来るわけはない。行列のほとんどは、日雇いの中間《ちゆうげん》・鎗持《やり》ちである。

腰元の女たちも大半は雇いであるが、丸に十の字の家紋を入れた着物が用意された。

この婚礼のために、金は幾らでも遣っていいと吉之助《きちのすけ》は命じられたのだ。

「松平《まつだいら》（慶永《よしなが》）公が、少し銭がかかり過ぎではないかと心配してくださったので、餓死することはないと答えておいた」

と笑う斉彬《なりあきら》の頬《ほお》が少しこけたようで吉之助は不安でたまらない。この婚儀が決まるまでの斉彬の心労といったら尋常でなかったからだ。

留守居役として行列には加わらず、屋敷に詰めている吉之助の胸に、さまざまなものが去来する。大地震によって、ほとんどのものが損壊してしまった婚礼道具を、よくも一年で揃えたものだと思う。今考えても身がすくむ思いだ。

そして先ほどから、今日のような吉日にまるでふさわしくないことを吉之助は思い出していた。自分の離縁のことである。それは、弟吉二郎《きちじろう》からの手紙で知った。

「兄上がどれほど多用かは知っちょいもすが、これはどうしてもお耳に入れなければならぬと思いもして」

伊集院《いじゅういん》家から使いの者が来て、須賀《すが》を連れていったという。吉之助が帰ってくるまで、この家にとどまる、離縁はそれまでしない、と言っていた須賀であるが、前から患っていた脚気《かっけ》がひどくなったという。それを栄養不足とみた実家では、さすがに不憫《ふびん》がって強引に連れ去った。二年前のことである。

「義姉《あね》上は泣きながら、ご自分の晴れ着を結婚の祝いだといってお鷹《たか》にくださいもした。お鷹も泣いておりもした」

妹の鷹も琴《こと》に続いて婚礼を挙げたのであるが、これは弟たちに簡素な式で済ますように言いわたしておいた。もっとも西郷《さいごう》の家の内情では、二人で盃《さかずき》を交わすのが精いっぱいであっただろうが。せめてもの祝いにと、須賀はたった一枚残った自分の晴れ着を、義理の妹に分け与えたのだという。

「兄上が江戸に行かれてからも、私どもに尽くしてくれるやさしか義姉上でした。今度のことは残念でたまりもはん」

とある。そして最後に、

「まことに申しわけございもはんが、残されたおいたちだけでは、どうにもやっていくことが出来なくなりもした。兄上はおそらく江戸でご出世をなさるはずじゃっど、妹たち二人も縁づきもした。実は屋敷を買いたいという方がおっとですが、どげんでしょうか」

吉之助は返事を書いた。

「おはんにすべてを託してきて申しわけなく思っちょ。おいがいない間はおはんが家長じゃ。よしなにばするがよか」

自分が生まれ育った下加治屋町《したかじやまち》の家が、ついに無くなるのかと思うと、やはり寂しいものがあった。大きな借金を背負っても、両親が続いて亡くなっても、手放すまいと踏んばってきた家である。それも弟や妹たちのためであった。が、彼らも成長し、妹二人も嫁いだ。そして六つ違いの吉二郎も、こんなしっかりした手紙を書くまでになった。

これで決心がついた、と吉之助は思った。もう故郷を必要としてはいけないのだ。自分は江戸に住み、斉彬の役に立つことだけを考えればよいのだと。

吉之助にはいま、弟たちに自慢したくてたまらないことがある。しかしそれは口外してはならぬことだ。

　今年の四月十二日、はっきり日にちまで憶《おぼ》えている。初めて斉彬の前に呼び出されたのだ。今までとはまるで違う。あくまでも吉之助は「お庭方」で、庭で樹木の手入れをしている。そこをたまたまお通りになる斉彬が、声をかける、というのが今までの関係であった。藩主の前に出るには、身分が低過ぎたのだ。

　しかしその日、初めて吉之助は斉彬の居室へ召し出された。いつものように土の上ではなく、畳の上で吉之助は低頭する。他には小姓《こしよう》が一人いるだけであった。自分は極秘でここに召し出されたのだとすぐに理解した。

　夜のこととて、斉彬は寛《くつろ》いだ着流しである。それが珍しい琉球《りゆうきゆう》の上布だということは灯《ともしび》の下でもわかった。藩主はいきなり問うた。

「薩摩の農政について、お前の思うているところを申してみよ」

　やはり自分の差し出した意見書を読んでくれていたのだと、吉之助の胸は喜びで震える。

「恐れながら、今薩摩の百姓ほど疲弊している者たちはおりもはん。隣の肥後《ひご》の百姓と比べても、その差ははっきりしちょいもす」

「ふむ」

「享保《きようほう》のご検地の時に、奉行所からお触れがあいもした。村の石高が増えちょったら、その分は百姓のものにしてよかというお達しでございもしたで、多くの村では多めに石高を申告したのでございもす。じゃっどんそん約束はことごとく反故《ほご》にされもした。その後の百姓の落胆、怒りは大変なものでございもした。それが他藩への逃亡へと繋《つな》がったとでございもす」

「それは聞いておる。しかしその後、さまざまな救済措置をとったのではないか」

「制度が出来ましても、心が通っておらんと何にもなりますまい。貧しい村に農具や馬を与えるといっても、役人が形だけに置いていっただけでございもす。何か不都合はなかか、馬は肥えておっとかと、見まわりに行き、こまめに世話をやかねば、百姓たちは明日の籾《もみ》のために馬などすぐに売り払いもす」

「藩が与えたものを売りさばくとは、不届きではないか」

斉彬の眉《まゆ》が上がる。たとえ不興を蒙《こうむ》っても話すべきことは話さなくてはと、吉之助は心を決めた。

「百姓というのは、籾や種がなくては生きてはいけもはん。それを蒔《ま》いて苗を育て米や芋をつくりもす。籾がなければ、米や芋を育てることが出来ず、未来《さき》がありもはん。半分死んだのと同じでありもす。たとえいただいた馬でも、籾のためにはこっそりと売っとです」

「確かに、薩摩には肝心の田んぼが少ない。わしは旅の途中、尾張《おわり》の美しくどこまでも続く水田を眺めるたび、薩摩のことを思ってつらくなる」

「お殿さまのそのお心、嬉《うれ》しくてないもはん」

「それならばお前は、どうしたらよいと思うのか」

ほのぐらい灯の下、吉之助は酔ったような心持ちだ。斉彬は自分に問うているのである。どうしたらいいかと、この自分に心をゆだねているのである。

「やはり移住もやむをえぬかと」

「移住か。百姓たちを動かすのはむずかしいと聞いている」

「それは各村から一人、二人と動かすからでございもす。郷をごと動かせば、百姓どもも安心することと思いもす。この際、郷の責任者の中ですぐれた者《もん》は、一代に限り城下にお召しになりますれば、郷士もさぞかし働きを見せることと思いもす」

「なるほど、お前の言いたいことはわかった。心に留めておくことにしよう」

問答は半刻《とき》（一時間）で終わった。最後に斉彬は、いつものように吉之助に課題を与えた。

「近いうちにまた小石川《こいしかわ》へ行くがよい。お前はあそこの者たちにも好かれているそうではないか」

「ははーっ」

そして斉彬は香《こう》のかおりを残して去っていった。吉之助は身を起こす。脇の下にびっしりと汗をかいていた。今まで命《めい》を受けたことはあっても、政《まつりごと》について問いかけられたのは初めてである。それに斉彬が満足したかどうかはわからない。しかし新しい命が下ったということは、身近に置いて使いたいということではないだろうか。出来るだけ早く、小石川の水戸《と》屋敷に行かねばならぬところであるが、かの地は昨年の大地震の傷がまだ癒《い》えてはいない。屋敷のあちこちで補修が行なわれていると聞いている。何よりもいちばん大きなことは、藤《ふじ》田東湖《たとうこ》と戸田《とだ》忠太夫《ちゅうだゆう》（篷軒）が圧死したことだ。特に東湖の死を聞いた時は、あまりのことに言葉も出なかった。自分のことを「丈夫」と呼んで可愛がってくれたこの偉大な学者のことを、吉之助は忘れることが出来ない。それがつらくて小石川へ見舞いにも行けなかったほどだ。しかし斉彬の命を受けたからにはと、吉之助は半月後、一人小石川の水戸屋敷へと向かった。

武田《たけだ》耕雲斎《こううんさい》という男に初めて会った。いったいどのような情報が薩摩からもたらされていたのかはわからない。一介の「お庭方」である吉之助が、前にも増して丁重に扱われ、藩の執政である武田の前に通されたのである。吉之助はまず、藤田と戸田の悔やみを述べた。彼ら二人と武田は、それぞれ〝田〟がついているため「三田《さんでん》」と呼ばれていた。老公斉昭《なりあき》の改革路線を支える三人であったのだ。

「藤田殿は、ご母堂を助けようとしての無念の死であった。最期まで〝忠孝〟に殉じるとは藤田殿らしい」

目をしばたたかせる武田は、瘦《や》せた老人だ。東湖もそうであったように目が鋭く光っている。しかし気さくに夕餉《ゆうげ》をとっていくように勧める。とんでもないと固辞する吉之助に、

「いや、いや、今日の酒は藤田殿、戸田殿の供養のお斎《とき》というものだ」

と譲らない。

やがて膳《ぜん》が運ばれ、四人の水戸藩士たちも同席した。ここで吉之助は彼らから懇願される。

「なんとか我らが斉昭公の御子《みこ》、一橋慶喜《ひとつばしよしのぶ》さまを次の将軍にご推挙くださるよう、島津《しまづ》公にお願い申し上げてくだされ」

吉之助は再び斉彬の前に呼ばれた。武田たちの懇請を伝えると、

「なるほど、こうはっきりおっしゃるとは思っていなかった」

とひとりごちた。

「慶喜殿は英邁《えいまい》この上ないお方であるが、今、世の趨勢《すうせい》は紀州慶福《きしゅうよしとみ》殿へと向かっている。水戸はそれで焦っているのであろう」

そしてしばらく待つよう言い、その場で墨を用意させた。さらさらと斉彬が書状をしたためる様子を、吉之助はうっとりと眺める。斉彬は達筆である。力強く端正な手跡だ。いつか自分のために、たとえ一行でもいただけないものかと夢みる時もある。

「これを」

斉彬は端を折った。

「小石川の老公にお届けするのだ」

「そのようなことを言われもしても……」

吉之助は驚いて藩主を見つめる。小石川の老公といえば、斉昭に他ならない。

「私のような者が、どげんしてご老公におめにかかれもんそか」

「いずれお前もおめにかかることがあるであろうが、ひとまずこれを安島《あじま》殿にお届けするがよい。手はずは整えてある」

安島帯刀《たてわき》は、水戸藩士で斉昭の側近である。吉之助はやっと理解した。自分がもはや、密使の役割を負っているということをだ。吉之助の存在は水戸藩でも了解していて、それゆえ

に、重職の者にも難なく会うことが出来るのである。

次の日、書状を携えて吉之助は小石川に向かった。安島の名を告げると、顔馴染《なじ》みとなった用人が、奥へと通してくれた。しばらく待っていると、安島が現れ、

「ご苦労であった」

と書状を受け取った。安島が去ると、それと入れ替わるように、武田が姿を現した。

「有難いことだ。今の文《ふみ》は島津公からの返事であろう」

「私はただお届けしただけでございもす」

「いや、いや、有難いことだ。何といっても島津公は、御台《みだい》さまになられるお方の父上でいらっしゃる。島津公が、我らについてくださるというのは、なんと有難いことだろう。さあ、今夜もゆっくりしていってくれ」

結局吉之助は、先日と同じように夕餉と酒をふるまわれた。武田は藤田ほどではないが、酒が好きなようであった。

その夜、吉之助は斉彬の居室に呼ばれる。

「このように遅くなりもして、まことに申しわけございもはん。お手紙は確かに安島さまにお渡しいたしもした」

「それで武田はどうであった。このあいだと同じように、また酒をふるまわれたのであろう」

「なぜそいを」

「お前の体から、酒のにおいがぷんぷんするわ」

「そいは、まことに申しわけございもはん」

吉之助はとび上がった。

「よい、よい。水戸の者たちも薩摩ほどではないが、酒好きが多いと聞いている。武田が酒を共にするとは、お前が見込まれた証であろう。それで武田はどのようなことを話したのだ」

「はい、武田さまの他にも四人の方々がおられ、酔うほどにさまざまなことを口になさいもした」

水戸藩の改革は、七代藩主治紀《はるとし》の頃から進められていた。有能な者であれば、家柄に関係なく重用する。藤田も治紀によって見出《みいだ》された一人だ。そして九代斉昭となると、さらに藩政に大鉈《おおなた》が振るわれた。検地を行ない、定府《じょうふ》に甘える江戸詰めの藩士たちを、水戸の者たちと入れ替えた。が、こうした一連の改革に、門閥派の者たちが反発した。以前は東湖たちがいたことで、抗争は抑えられていたのであるが、今は一触即発の状態である。東湖の死によって、さまざまなものが堰《せき》を切ったように溢《あふ》れ出した。最近では斉昭の暗殺計画が露顕した。それによって門閥派の元家老が切腹し、他の十人も処刑された。このことは門閥派ばかりでなく、改革派の者たちをも震え上がらせ、今に大きな争いが起こるのではないかと皆が不安がっているという。

「この大事な時に、水戸藩は大きく二つに分かれようとしている、尊王をいち早くうちたてたわが藩が、今や動くことがかなわぬと、武田さまは嘆いていらっしゃいもした」

斉彬はじっと吉之助の言葉に耳を傾けていた。時々大きく頷く。

「水戸藩は世間で言われているよりも、はるかに問題を抱えているのだな。老公のご心痛もいかばかりであろうか」

「さらに武田さまはこうおっしゃいもした。ご老公は気宇壮大過ぎて、足元がなかなかお見えにならぬ。今や参与として幕政の重鎮となられたご老公は、ペリィやハリスのことに夢中になり過ぎて、水戸藩のことがお留守になっているのではなかかと」

「よう、そこまで言ったものだ」

苦笑した後、斉彬は真顔になった。

「老公は確かにくせ者だ。ひと筋縄ではいかぬお方だ。それにしても、武田たちはほとんど初対面のお前に、よくぞそれだけうち明けたものだ」

「お酒を召していたのと、この話がお殿さまに伝わることをご存じだったからでありもんそ」

「いいや、そうではない」

斉彬は吉之助を凝視する。こうして斉彬に見つめられると、吉之助は陶然となる。この後、彼の待ち望んだ言葉があった。

「お前は本当に不思議な男だ。どんな者もお前には多くのことをうち明ける。話さずにはいられなくなる。このわしもその一人だ」

「……」

「わしはどんなことをしても、次の将軍を慶喜殿にするつもりだ。それはわしが、御台になる者の父だからではない。慶喜殿でなければ、もはや徳川幕府は十年と保《も》つまい」

「十年でございもすか……」

声がかすれた。幕府が無くなる、そんなことは考えたこともなかった。ということは、あの壮大な城も無くなるということなのか。初めてお堀端から江戸城を眺めた時、あまりの大きさに感激した。いつかあの中に入っていきたいと心から思った。幕府が無くなるということは、さむらいとしての自分も消滅するということであろうか。

「そうだ。その前に一日も早く手をうたなければならない。おそらく……」

「おそらく」

「次にこの日本《ひのもと》を治める者は、わが薩摩になることであろう」

この時の斉彬の言葉を、吉之助は生涯忘れることはなかった。


安政四年、斉彬はお国入りすることとなった。昨年十一月の篤姫入輿《じゅよ》の苦労がたたって、このところ健康がすぐれない。ぐずぐずと風邪が治らないこともあった。元来は太り肉《じし》の堂々たる体軀《たいく》である。それが少しずつ窶《やつ》れていくのを見るのは、吉之助にとって何よりもつらい。婚礼のこともあるが、嫡子虎寿丸《ちゃくしとらじゅまる》の死がこたえたに違いなかった。五男の虎寿丸は、ただ一人生き残った男子である。安政元年に参府する途中、斉彬は京都の近衛《このえ》家に寄り、忠煕《ただひろ》の息女信君《のぶぎみ》との縁組を頼んだ。わずか六歳の幼児の婚約が決まって三ヶ月後、虎寿丸はあっけなく亡くなってしまうのだ。

その後吉之助は芝明神《しばみょうじん》に出かけ、男児出生を祈願した。その時に生涯不犯《ふぼん》の誓いを立てたのである。一度も女と接したことのない自分が、不犯の誓いをするなどというのは、人が聞いたら笑止千万であろう。しかし子どもというのは、男の精がつくるものだ。斉彬に男児が生まれるならば、自分は男としての機能をすべて捧《ささ》げてもいいと考えている。

「それにしてもお由羅《ゆら》め……」

歯ぎしりする。男も女も、斉彬の子どもが次々と早世していくのは、お由羅とその一派のしわざだと言う者は多い。未《いま》だに残党が調伏《ちょうぶく》を続けているのだ。この頃しきりに招かれる斉彬の居室で吉之助は、家老島津豊後《ぶんご》に何らかの処分をと懇願した。斉興《なりおき》の側近でお由羅派の重鎮である。本来なら切腹か島流しにしてもらいたいところだが、そうもいかないだろうから、せめて更迭《こうてつ》をと願ったのである。が、斉彬は聞き入れなかった。呪詛《じゅそ》には何の根拠もない、というのである。

全くお殿さまは優し過ぎる。だから自分は、斉彬のために、鬼にも蛇《じゃ》にもなろうと吉之助は心を決めた。

そして今回のお国入りに、吉之助も同行を命じられた。何年も帰郷出来ない者もいるのに、これは幸運なことである。

参府した時と同じ道のりであるが、三年前と今とではまるで違っている。行きは遠くから、斉彬の姿を拝するだけであった。しかし今回は何度か、道中も斉彬の部屋に呼ばれる。そして京都での命を下された。どうやら斉彬は、吉之助に多くの〝学習〟をさせようとしているらしい。京都所司代の脇坂安宅《わきさかやすおり》や近衛家の用人たちに会ってくるようにと書状を託されたのだ。

公家町《くげ》というところを初めて見て、あまりの狭さに驚いた。ここに百三十家という公家の小さな屋敷がひしめいているのである。どの屋敷も貧しい。徳川家が政権をとってからというもの、わずかな禄《ろく》と家の芸道を頼りにひっそりと生きてきたのだ。

御所に向かい吉之助は頭《こうべ》を垂れる。いまここには天皇という高貴な方が住んでいらっしゃるのだ。いま日本中がこの方に目を向け始めた。異国船が来るたび、さまざまな要求をしてくるが、幕府はもはやこの方を無視出来ない。いつのまにかその都度お伺いをたてるようになった。それゆえ混乱は大きくなるばかりなのであるが。

苟《いやしく》も大義を明らかにして人心を正さば
皇道奚《なん》ぞ興起せざるを患《うれ》へん
斯《こ》の心奮発して神明に誓ふ
古人云《い》ふ斃《たお》れて後已《や》むと

一昨年《おととし》大地震で亡くなった、藤田東湖の『回天詩史』の一節をつぶやいていた。今までないがしろにされ、おつらい立場であったこの方を、天に戴《いただ》かなければ日本の命運は尽きる。この未曾有《みぞう》の難局を乗り切ることは出来ない。そのために今、多くのさむらいが立ち上がった。自分もその一人である。きっといつかお役に立つことが出来ると考えると、吉之助の体は震える。おそらく斉彬も同じことを考えているに違いない。吉之助がいちばん敬い、いちばん愛する人間は、この世でいちばん貴い方と重なっているのである。斉彬とこの方のために戦う。それは二重の喜びなのである。

御所に拝礼したあとは、近衛家に向かう。五摂家の筆頭である近衛家の屋敷は、御所の北にありひときわ大きい。島津家との結びつきは昔から深く、島津の祖は近衛家の家司《けいし》で、島津荘の下司《げし》（荘官の長）として九州に下ったのだ。近年になってから縁組も幾つかあり、島津家からは毎年かなりの額の「お手元金」が届いている。そのため近衛家の門は修繕がいきとどき、庭木の手入れもされていた……。

「驚いたのはそん後のことじゃ」

上之園《うえのその》の家で、その時のことを吉之助は弟や妹たちに語っている。初めての帰郷とあって、鷹が初めての子どもを連れてきていた。

「まるで平安のむかしに行ったかのような心持ちがしたもんじゃ。屋敷の中は暗くて、古い屛風《びょうぶ》や簾《すだれ》があちこちにあってなァ、そしてお雛《ひな》さんのような女官さんがやってきもした」

「本当にあのような恰好《かっこう》をしちょったですか……」

末の妹の安《やす》が疑わしそうに問う。

「じゃ。こう髪をふくらまして垂らしてな、緋《ひ》の袴《はかま》を穿《は》いていらっしゃった。そしてな、お歯黒をしちょう」

「緋の袴じゃしか」

安は目を瞠《みは》る。十九歳の利発な娘で『源氏物語』を読んでいる。公家の内情に興味しんしんなのだ。

「そいでなあ、用人の方たちにお会いしたが……。いや、やめちょこう」

これ以上言うと、彼らを揶揄《やゆ》しているように聞こえると用心したのだ。公家の男たちは揃って化粧をし、お歯黒はもちろん白粉《おしろい》も紅《べに》もつけていた。老人も交じっていたが、頰紅を赤々とつけていたことを、吉之助は気味悪く感じたものだ。

「それにしても、なんと可愛か男の子じゃろうか」

吉之助は鷹が連れてきた甥《おい》を抱いた。もう歩くことが出来る元気な男の子である。西郷の家の血を引いて、大きな二皮目《ふたかわめ》だ。両親が生きていたらどれほど喜んだろうと考えずにはいられない。

「兄《あに》さあ、許してくいやい」

突然吉二郎が手をついた。

「おいの甲斐性《かいしょう》がなかばかりに、下加治屋の家を持ちこたえられもはんじゃった。こげな町はずれの陋屋《ろうおく》になってしまいもした。どうかお許しくいやったもんせ」

「ないごて謝っとじゃ。おはんはおいに何の心配もなく、江戸でお勤め出来るようにしてくれちょってなかか。おいがどいほど有難かと思っちょっか……」

「そいでも、あまりの貧乏に義姉上が去っていかれもした。おいはまっこて申しわけなかと……」

「よか、よか、そいはよかとじゃ」

つい言いよどんでしまう。

「須賀のこつはすべておいが原因じゃ。おはんらは何も気にすることはなか」

「兄さあ、江戸のことをもっと話してくいやい」

三男の竜助《りゅうすけ》が寄ってきた。十五歳になった彼は頭を綺麗《きれい》に剃《そ》っている。有村俊斎《ありむらしゅんさい》の口ききで、茶坊主になったのである。茶坊主といっても、いずれは武士になり能力次第では藩の中枢に入っていくことが出来る。今、江戸で親しい有村も、樺山三円《かばやまさんえん》もみな茶坊主を経てきていた。ひといち倍わんぱくで、きかん気の弟が坊主頭になり、神妙に手をついているのを見ていると、鼻の奥がつうと熱くなった。幼い者も含め、老人や子どもたちだけでよくやってきたものだと思う。祖父、父、母を同じ年に次々に亡くした時は、文字どおり途方に暮れた。葬式を出す金もなかったからである。

が、兄弟三人が禄を食《は》むようになっても、貧乏は相変わらずこの家の後を追ってくるようであった。吉之助が江戸に出発する時に、方々《ほうぼう》の親戚《しんせき》から借りた金が、今、吉二郎を苦しめているのである。

「伊集院にも返さんといかん」

須賀が十両を実家から用立ててくれていた。

「といってもな、江戸というところは、生きていくだけで銭がかかる。ここで暮らしておれば、庭で菜《さい》ものをひっこ抜いておればよかがな、江戸ではネギ一本買うにも銭がいる」

藩邸ではお長屋と呼ばれるところで、みな自炊しているのだ。

「おかげで京へ行っても、おはんらに反物《たんもの》ひとつ土産に買ってきてやるこっが出来ん。こげな砂糖菓子で勘弁しっくれ」

「金を借りもんそ、兄さあ」

「また借りっとか」

「金など何とかなりもす。兄さあがご出世してくだされぱよかこっじゃって」

「そいは無理じゃ」

吉之助は笑った。

「江戸に三年もいても、ろくなご奉公も出来ん。ご同輩の方々も、気のきかぬ奴と呆《あき》れちょっじゃろ」

「とんでもなか、篤姫さまお輿入れの際は、存分なお働きをなさったとか。お輿入れの品々を一年でつくり直したという話は、こちらにも届いておりもす」

と鷹。

「そいにお殿さまのお覚えがめでたかと、専《もっぱ》らの評判でございもす」

「誰がそのような出鱈目《でたらめ》を」

「兄さあ、お殿さまは、いったいどのようなお方じゃったろうかい？　いっぺんに四人の話を聞けるというのは本当じゃし」

「黙れ！」

吉之助は大声で鷹と竜助を叱った。

「お殿さまはどげな方かと？　そげんこつ茶を飲みながら、おはんら風情《ふぜい》に喋《しゃべ》れるもんか。よかか、どげなことがあっても、こん家でお殿さまのことを口に出してはならん。兄が誰と会って、どこへ行ったか、などということも金輪際《こんりんざい》言ってはならんとじゃ。わかったか」

「わかりもした。本当に申しわけございもはん」

鷹と竜助は、吉之助の剣幕に怖れをなし、すぐに手をついて謝った。

とはいうものの、結局四十両の金を、琴の夫の市来正之丞《いちきしょうのじょう》の名義で藩から借りることとなった。

久しぶりの薩摩は、空が抜けるように青く、入道雲も巨大である。肌にまとわりつくような江戸の暑さと違い、南国薩摩はからりとしていて風も通る。特に海に面した仙巌園の快適さは格別である。薩摩に帰国してから、斉彬がめきめきと健康を取り戻したと聞き、吉之助はどれほど嬉しかったことであろうか。

斉彬は精力的に、彼の実験を行なっている集成館《しゅうせいかん》に通った。かねて苦心していた反射炉の工事を再び開始したのである。そして江夏十郎《こうかじゅうろう》、市来四郎《しろう》ら担当役人の手によって、再び反射炉が動き出した。見事大砲製造に成功したのである。夏に一基完成したことで、一基二炉の反射炉が揃った。これによって、八十から百五十斤《ポンド》（一斤は〇・四五キログラム）の大砲をつくることが可能になったのだ。

帆船式の大型船も完成に近づいている。最初はオランダの設計書を翻訳させたが、それでは埒《らち》があかず、優秀な若者二人を長崎に遣わした。実際にオランダ船に乗船させ、報告書をつくらせたのだ。これによって蒸気機関の木造船を製作し、一昨年隅田川《すみだ》で運転をした。この時、岸につめかけた大群衆から拍手喝采《かっさい》を浴びたのであるが、まだ実用化にはほど遠かった。

今回もし失敗したならば異国船を購入するしかないと、斉彬は先手をうち市来四郎を既に琉球に派遣している。ここでフランスから軍艦を購入する心づもりなのだ。

斉彬はこの〝実験工場〟に頻繁に足を運んだ。中に閉じ籠《こ》もって製薬の研究をすることもあった。斉彬が特に力を入れているのは、ハゼからつくる蠟《ろう》と、クスノキからつくる樟脳《しょうのう》の製造であった。

「質を上げて増産が出来れば、どれほど薩摩は楽になることであろう」

城と違って集成館の中では、技術者の藩士たちと斉彬の距離も近い。吉之助もいつのまにか、そうした者たちの中に交じるようになった。

「わしの蘭癖《らんぺき》が、藩の金を食いつぶしていく、と苦々しく思っている者はいくらでもおろう」

お由羅騒動の原因のひとつがそこにあることを、斉彬自身よくわかっていた。

「だから一日も早く、この集成館から金の生《な》る木をつくり出さねばならないのだ」

こうした斉彬の願いがかない、切子《きりこ》硝子《ガラス》は素晴らしい成功をみた。なんとか美しい青や紅を出そうと、集成館の硝子工場では、常に二百人もの者たちが働いている。銅粉を用いて紅色をつくり、金によってさらに透明な紅色というように彼らはひとつひとつ新しい色をつくり上げていった。中でもいち早く硝子作りの魅力にとりつかれたのが責任者の江夏十郎だ。彼が窯を工夫し、精緻《せいち》な形もここでつくることが可能になったのだ。薩摩の切子は面取りのように、まわりが平らに削られているが、これも高い技術の結集の賜《たまもの》だった。斉彬は驚喜して、娘婿である将軍家定《いえさだ》に花瓶を献上し、仲のいい大名たちにも、自慢の紅硝子の器を贈ったほどだ。

これは翌年のことになるが、オランダ人の医師が勝海舟《かつかいしゅう》らと共に、咸臨丸《かんりんまる》に乗って薩摩にやってきた。そしてこの硝子工場を見学し、

「欧州のものにも負けない美しさだ」

と切子硝子を絶賛している。

斉彬はこの工場にやってくると、試作中の器を掌《てのひら》にのせ、いつくしむように眺める。大柄な斉彬が、小さなグラスを大切に撫《な》でるさまには微笑ましいものがあった。

「わしが十歳のほんの子どもの頃の話だ……」

暑い日の午後であった。斉彬は休憩をとるため、緋《ひ》毛氈《もうせん》が敷かれた床几《しょうぎ》に座る。小姓が藍《あい》色《いろ》のグラスに水を注いだ。お由羅派の残党の調伏を「迷信だ」ととりあわない斉彬であるが、彼らによる毒殺には用心していた。斉彬が口にする水は、しかるべき湧水《ゆうすい》を使って充分に沸騰させ、それを冷やしたものに限られる。水を飲み干すと、すぐ近くで、風鈴の可憐《かれん》な音がした。風鈴もこの工場でつくり出したものである。

「ひい爺《じい》さまの重豪《しげひで》公が、それはそれは立派な葡萄《ぶどう》酒用のぎやまんグラスをお持ちであった。オランダ人から贈られたものであったが、あれはなんという美しさであったろうか。透きとおっていて紫色であった。子どものわしは、世にも珍しいものと、毎日眺めていたものよ。

今、硝子をつくっているのも、あの時の思いがあるからかもしれぬ」

「それにはまだ続きがあっとでございもんそ」

吉之助はうちわで斉彬をあおぎながら言った。

「ある日、家来の一人がそのぎやまんグラスの一客を割ってしまったとです。どげなお咎《とが》めがあるかわかりもはん。するとお殿さまは、重豪公にこんぎやまんグラス六客をすべてくれ、とおっしゃったとです。自分のもんならば、一客割ってもよかろうという、お小さいなりのお知恵だったとでしょう」

「お前はどうして、そんなことを知っているのか」

「薩摩の者で、こん話を知らん者はございもはん。私は郷中《ごうちゅう》でも、母の口からも、何度も聞かされもした。お殿さまが十歳の頃から、いかに下々の者にお慈悲をかけてくださったかという話でございもす」

「いや、それは違う。グラスを割ったのは本当にわしなのだ」

「いや、私は信じませぬ」

また風鈴が鳴り始めた。

斉彬の近くで過ごす集成館の日々は、吉之助にとってこのうえない幸福な毎日であった。

しかもよいことは続くもので、九月九日の重陽《ちょうよう》の日に、側室お八重《やえ》の方が六男哲丸《てつまる》をあげたのだ。

自分の祈りが通じたと、吉之助は感涙にむせんだ。

「これほどめでたいことはございもはん。やっとお世継ぎご誕生でございもす」

「お世継ぎだと……」

斉彬は遠くを見る目つきになる。最近吉之助だけに見せる表情である。

「わしを幾つだと思っているのか。年が明ければ五十になるのだ。哲丸が元服するまで生きてはおるまい」

「何ということをおっしゃいもすか！」

吉之助は必死に詰め寄った。

「どうか気弱なことをおっしゃらんでたもんせ。お殿さまのようなお方は、いつまでも長生きしていただかねば困りもす。薩摩のため、いいえ日本のためでございもす。お殿さまは、この国難の時に天がお遣わしになったお方。ご自分のお命は、ご自分で決められんお方でございもす」

「お前は、いつももの言いが大げさだ」

「いいえ、何度でも申し上げもす。どうか哲丸さまのために、長生きしてくださいもんせ。『五十の賀』のことを、ご城内ではあれこれ計画しているようでございもすが、どうかそのようなことはなさらんでたもんせ。五十まで生きるのは、もう珍しかこっではございもはん」

「わかった、わかった。『五十の賀』ではなく、哲丸の祝いとすればよいのだな」

全くお前にはかなわぬと、斉彬は苦笑した。

そして八日後、集成館には見慣れぬものが持ち込まれた。木で出来た四角い箱である。

「写真機が届いた」

斉彬は興奮している。

「長崎で市来がやっと手に入れることが出来たのだ。これでまずわしの肖像を撮ろうと思う」

「おやめくだされ！」

吉之助は叫んだ。

「写真などというもんは、異人が使う魔術のようなもんと聞いとりもす。どげんして人の姿がそのまま写し取れましょう。どうかどうかおやめくだされ。市来殿、どうかあなた様からも言ってくだされ」

「お前は相変わらず迷信深いな。めりけん人やえげれす人たちは、通詞たちを写しているそうだ。わしはこの写真というものを、一度撮ってみたくてたまらなかったのだ」

「お殿さま、陽なたにて小半刻ちかく、まるで石んごと動かぬことがお出来になりもんそかい」

どうやら市来とはもう打ち合わせが済んでいたらしく、てきぱきとことは進められていく。長崎で写真術を覚えてきたのか、彼が撮影するというのだ。

集成館の庭に、椅子が置かれた。ここにくる時はいつもくだけた恰好の斉彬が、羽織袴をきちんと身につけている。

「いつか哲丸に、父の顔を見てもらわねばならぬからな」

椅子に腰かけ、斉彬には珍しく言いわけめいたことを口にした。

「どうだ、西郷。お前も一枚撮らぬか。銀板はおそろしく高価なものだが、撮ってやらぬこともない」

「結構でございもす。私は写真などというものは大嫌いでございもすから」

その口調が真に迫っていたので、庭に集まっていた者たちはみな笑い出した。集成館の太陽は、ちょうど真上にあった。


（中に続く）

初出　「本の旅人」二〇一六年二月号～二〇一七年九月号

林 真理子（はやし　まりこ）
1954年、山梨県生まれ。日本大学芸術学部卒。86年「最終便に間に合えば」「京都まで」で直木賞、95年『白蓮れんれん』で柴田錬三郎賞、98年『みんなの秘密』で吉川英治文学賞、2013年『アスクレピオスの愛人』で島清恋愛文学賞を受賞。13年刊の新書『野心のすすめ』は独自の人生論が多くの共感を呼びベストセラーに。そのほか『葡萄が目にしみる』『ミカドの淑女《おんな》』『聖家族のランチ』『ＲＵＲＩＫＯ』『正妻　慶喜と美賀子』『下流の宴』『我らがパラダイス』、人気エッセイに“美女入門”シリーズなど。

西郷《せご》どん！　並製版　上

2017年11月１日　初版発行

著者／林《はやし》 真理子《まりこ》

発行者／郡司 聡

発行／株式会社KADOKAWA
〒102-8177　東京都千代田区富士見2-13-3
電話　0570-002-301(ナビダイヤル)

印刷所／大日本印刷株式会社

製本所／本間製本株式会社

この作品の本文用紙は、中越パルプ工業株式会社川内工場
（鹿児島県薩摩川内市）生産品ソリスト（N）を使用しています。

KADOKAWAカスタマーサポート
［電話］0570-002-301（土日祝日を除く10時～17時）
［WEB］http://www.kadokawa.co.jp/（「お問い合わせ」へお進みください）
※製造不良品につきましては上記窓口にて承ります。
※記述・収録内容を超えるご質問にはお答えできない場合があります。
※サポートは日本国内に限らせていただきます。

定価はカバーに表示してあります。

ISBN 978-4-04-106170-1　C0093